阅读成长 涵养心灵

【魏羲之◎著】

H.P.H
哈尔滨出版社
HARBIN PUBLISHING HOUSE

图书在版编目（CIP）数据

涵养心灵　阅读成长 / 魏羲之著 . — 哈尔滨：哈尔滨：哈尔滨出版社，2021.1

ISBN 978-7-5484-5865-4

Ⅰ . ①涵… Ⅱ . ①魏… Ⅲ . ①故事—作品集—中国—当代 Ⅳ . ① I247.81

中国版本图书馆 CIP 数据核字（2021）第 021993 号

书　　名：涵养心灵　阅读成长
HANYANG XINLING YUEDU CHENGZHANG

作　　者：魏羲之　著
责任编辑：曹雪娇
封面设计：笔墨书香

出版发行：哈尔滨出版社（Harbin Publishing House）
社　　址：哈尔滨市香坊区泰山路82-9号　邮编：150090
经　　销：全国新华书店
印　　刷：武汉颜沫印刷有限公司
网　　址：www.hrbcbs.com　www.mifengniao.com
E-mail：hrbcbs@yeah.net
编辑版权热线：（0451）87900271　87900272

开　　本：710mm × 1000mm　1/16　印张：8　字数：130千字
版　　次：2021年1月第1版
印　　次：2022年8月第2次印刷
书　　号：ISBN 978-7-5484-5865-4
定　　价：46.00元

目录

第四章 鲁迅文学名篇教学路径的策略思考和方法探寻

第五章 新课程背景下高中语文课堂教学模式的重新构建

第一章

涵养心灵的思想体系构建

第一节 “涵养心灵”的内涵与陶行知教育思想同质

陶行知教育思想对当下民族精神培养的现实意义

一、陶行知教育思想的核心——民族精神的培养及其现实性

陶行知是一位伟大的人民教育家，伟大的教育实践家，一个全身心地投入教育事业的人。他的教育思想，至今仍没有过时，非但没有过时，而且越来越显示出巨大的生命力。

陶行知曾针对旧教育的弊端，一针见血地揭露：“中国教育的歧途在于抱着分数忘记了人生，抱着标语口号忘记了人生，抱着金钱忘记了人生。”他在《平民教育概论》中说：“我们的希望是：处处读书，人人明理。”在《学做一个人》中，他强调学生要学会做一个整个的人，要身体好，要有独立的思想，还要有独立的职业。陶行知的“千教万教，教人求真，千学万学，学做真人”“人格至上”的教育思想可见一斑。

这个核心观点是对当前全球性的现代教育弊病以及国人现在普遍认为的教育弊病的非常有力的回应。人格和德行的培养在中国几千年的历史里一直是非常重视的。但是近两三百年来，自从学习西方的现代教育制度之后，我们慢慢忘记了自己民族教育的最根本的目标。陶行知认为，一个人学知识，学了之后是为了救国，为了改造社会，所以每个人在学了知识之后要把知识变为积极的人生态度。这么多年来，我们依然感受到人格教育的薄弱，道德教育的无力。所以陶行知“人格至上”“德情为本”的教育，

从根本上说与我们今天所追求的重视民族精神的培养是一脉相承的。

二、陶行知教育思想与民族精神培养的内在联系

1.“爱满天下”思想之于培养尊重生命、热爱生命的民族精神

“爱满天下”是以博爱精神作为其立足点，以人民大众作为博爱的主要对象，只有爱人类，才能爱人类中最多数而最不幸的中华民族；也只有爱中华民族，才能爱中华民族中最多数而最不幸的农人。陶行知指出：“大学之道，在明民德，在亲民，在止于人民之幸福。”陶行知认为，人的价值始终是社会的核心价值、终极价值。有感于不断重演的生命悲剧，他在《中国的人命》一文中喟然长叹：“人的生命！你在中国是耗废得太多了。”在他看来，中国人生命的无谓的耗费，当然主要源于对生命的轻贱，中国的社会和文化中生命之卑微。但陶行知又认为，其实国人并非轻贱所有的生命，并非完全没有爱，残忍的冷酷只施于所谓的“外人”，伟大的慈爱则施于所谓的“自己人”，可见国人并不是轻贱所有的生命，而是只珍惜“自己人”的生命，根本没有生命权利普适性的概念；国人并不是没有爱，而是只有自私的爱，根本没有博爱的概念：“他是我养的，我便爱他如同爱我或者爱他甚于爱我自己。若不是我养的，虽死他几千万，与我何干？这个态度解释了这奇怪的矛盾。”陶行知的这些话，不是仍然十分准确地刻画着今天国人的观念吗？

可以说，中国人的人性观是一种有选择的人性观，它仅仅承认“亲近圈”里那些人的生命权利；如果某人不在这个“亲近圈”内，其生命权利就会被全然漠视，视若草芥。从这个意义上也可以说，国人的人性观是一种相当功利的人性观，它不是着眼于生命本身的价值，而是主要着眼于他人的生命及其存在对自己是否有价值。这种功利性人性观支配着人们的社会行为，凡不具功利意义的他人生命都无足轻重。于是，社会上生灵饱受荼毒、

贱如草菅，而置身事外的人却熟视无睹，直到今天仍然是极为常见的现象。

在陶行知看来，生命的尊严才是至高无上的：在神圣的生命面前，没有任何世俗之物称得上高贵，任何世俗之物都应匍匐在生命之光中。可惜在中国情形恰好相反：物的价值、世俗的价值远远凌驾于生命之上。这种扭曲的价值体系不仅是对生命的亵渎，造成人的异化，而且直接导致国家的积弱积贫。环顾世界即可发见：凡尊生命至上的国家，往往是强国；而视生命卑微的国家，则往往是弱国。既然社会观念中生命的地位决定着国家的地位，则唯有改造中国的传统价值体系、奉“以人为本”之理念，国家的振兴才可以期待。

“中国要到什么时候才能翻身？要等到人命贵于财富，人命贵于机器，人命贵于安乐，人命贵于名誉，人命贵于权位，人命贵于一切。只有等到那时，中国才站得起来！”这是陶行知几十年前的预言，历史的车轮飞速地驶进了21世纪，当下教育对此种民族精神的改造和培养实施得又如何呢？如果我们的教育能够将生命的价值摆在至高无上的地位，那么，今天我们学习、继承陶行知的教育思想的意义就在于此吧！

2.“教做真人”思想之于“涵养一片向真之赤心”的民族精神

中国传统教育的主要目的是培养官僚，陶行知等近代中国教育家的教育理论和实践以完善人自己、提升人的价值为目的，践行“立人”的教育。陶行知主张“教人做人，教人做真人，教人做真善美的新人”。其中“真”是第一位的。传统教育的弊端之一即“伪”，首先是知识层面上的“伪”。用陶行知的话来说，那些“伪知识”“不是从经验里发生出来的知识”，而是“经验以外滥发的文字”。体现在人格层面，即双重乃至多重人格。他认为中国误就误在这种“伪君子”身上：“天下非真小人之为患，伪君子之为患耳。真小人，人得而知之，人得而避之，并得而去之。伪君子服尧之服，诵尧之言，而处心积虑，设阱伏机，则桀纣也。……综天下而论伪君子惟吾国最多；统古今而论，伪君子惟今世为最盛。吾国之贫，贫于此也；吾国多外患，患于此也；吾国多内乱，乱于此也。”人的异化源于“教育的异化”。因此，欲使人免于异化，必以一改“教育的异化”为先，要救国必先救教育；要从教育入手使中国现代化，则必先使教育现代化。

那么如何救教育，又如何使教育现代化呢？唯有“涵养一片向真之赤心”。这种真品格即“追求真理，爱护真理，抱着真理为小孩、为国家、为社会服务。”这就必须向双重人格、多重人格开战；必须真实真诚、真知真学、真情真性，才算得真君子。所以要培养“不愿做奴隶，也不要人做他的奴隶”的“人中人”：自主而不放纵，自尊而不自大，自决而不专断；不卑不亢，己所不欲，勿施于人；守身如玉，穷且弥坚，富而愈俭。

由此看来，陶行知所倡导的培养“真人”的思想的本质在于改造我们民族精神中千百年来遗留的沉重痼疾，从解放人的层面体现了彻底改造国民精神的气魄和伟力，与伟大思想家鲁迅先生改造国民性的“立人”思想相契合。惟有“立人”方可实现“立国”的理想，陶行知以其坚苦卓绝的教育实践努力弘扬着这一改造国人精神的民族旗帜。

3.“生活教育”思想之于培养实践创新的民族精神

陶行知认为，“用生活来教育，给生活以教育，为生活的向前向上的需要而教育”，生活是教育之源、学习之源、道德之源、创新之源。教育要把学校和社会联系起来，加强社会实践，把课堂、书本、学生延伸到大自然、大社会中去，同时把大自然、大社会引进学校和课堂，把鸟笼式封闭传统教育改为开放式的开门办学。学校、社会、家庭三结合，奉万物为宗师，以宇宙为学校。在此基础上他又提出“教学做合一”的教学论，手脑并用，在劳力上劳心，理论和实践相结合。陶先生提倡实践第一，干字当头。他把王阳明先生的“知是行之始，行是知之成”翻了半个筋斗，提出“行是知之始，知是行之成”，并因此又特意将“知行”的名字改为“行知”。并进一步提出要创新“敢探未发明的新理，敢入未开化的边疆”“处处是创造之地，天天是创造之时，人人是创造之人”的理论。

生活教育的思想极具时代意义，对当下现实教育具有直接的指导意义。其教育思想的时代价值集中表现在对素质教育的启迪。素质教育是一反传统的忽视学生动手能力、脱离社会生活、脱离劳动的教育，反对进行扼杀学生身心健康发展的封闭式教育模式，坚决抵制教育培养出“书呆子”式的故步自封、墨守成规、亦步亦趋的僵化人才。素质教育强调对人的创新意识、创新精神的培养与陶行知的“生活教育”思想不谋而合，对改造民族精神起到巨大的推进作用。

三、以陶行知教育思想重塑民族精神的时代意义

陶行知教育思想的真谛是坚持以人为本、以生为本，为学生的成长、成人、成才提供必要发展和充分发展的有利条件。教育的本质应是生命卵化生命，品行影响品行，人格熏陶人格，情感点燃情感。教育者要引导学生尊重生命、珍惜生命，发展生命，解放生命，进而创造生命价值。

站在 21 世纪的起跑线上，回首我国教育改革、课程改革的历程，我们所弘扬的所谓崭新的“以人为本”的教育理念，难道不是在重扬陶先生的教育思想的旗帜吗？而我们这些年对人的教育忽视最多的也许就是民族精神的培养。我们并不否认，教育改革以来，对中华民族传统的诸如勤劳、坚韧、忠孝、隐忍、守纪等美德的熏陶教育，的确收获颇多。但是，我们也不能否认，因为人与人之间的关爱越来越淡薄，越来越轻视生命价值；因为年轻人社会责任意识、国家意识淡薄；因为长期以来应试教育阴影的影响，一批又一批的“应试机器”的重复制造，减慢了我们这个民族走向强大的步伐。所以，以爱为精神基础的民族使命感、以真为行动原则民族务实精神、以生活为本体的民族创新精神在当下教育培养中极度匮乏，这将严重束缚我们民族走向伟大复兴的脚步，因而，再度扬起陶行知教育思想的大旗，重塑中华民族精神势在必行。

陶行知教育思想是中华民族文化的瑰宝，是中外先进教育思想交融的结晶。陶行知教育思想中与民族精神培养相契合的精辟论述，对于我们今天进行思想品德和道德情操教育仍具有重要的启示作用。

第二节 “涵养心灵”的内涵与教出“语文味”同质

教出“语文味”

教出“语文味”，首先要明确一个最根本的问题，让我们先来找到属于我们语文的定位。

一、何谓语文

新课标明确指出，语文是最重要的交际工具，是人类文化的重要组成部分。工具性与人文性的统一是语文课程的基本特点。

语文课程应致力于学生素养的形成与发展。语文素养是学生学习其他课程的基础，也是学生全面发展和终身发展的基础。语文课程应培养学生热爱祖国语文的思想感情，指导学生正确地理解和运用祖国语文，丰富语言的积累，培养语感，发展思维，使他们具有适应实际需要的识字写字能力、阅读能力、写作能力、口语交际能力。语文课程还应重视提高学生的品德修养和审美情趣，使他们逐步形成良好的个性和健全的人格，促进德、智、体、美的和谐发展。因此，从某种程度上，“关关雎鸠”的爱情吟咏，魏晋士子的生命自觉，盛唐之音的气度恢宏，宋元山水的迷我忘我之境，明清之时的纷繁世俗图景……我们需认真品味；老舍的文字是漫画，世俗风情，鲁迅的文字是木刻，力透纸背，张承志的文字是油画，色彩浓烈……我们该用心欣赏；巴尔扎克构筑了一座座须仰视才见的语言和命运的金字塔，艾略特打开了一片可以让意象与文明自由驰骋的精神牧场……我们应涵咏体味。“路漫漫其修远兮，吾将上下而求索”，是语文。“至今思项羽，不肯过江东”，是语文。“可怜身上衣正单，心忧炭贱愿天寒”，是语文。“安得广厦千万间，大庇天下寒士俱欢颜，风雨不动安如山”，是语文。“先天下之忧而忧，后天下之乐而乐”，是语文。“为伊消得人憔悴，衣带渐宽终不悔”，是语文。“横眉冷对千夫指，俯首甘为孺子牛”，是语文。

语文是什么？语文是一种诗性的光辉，一种厚重的关爱，一种浪漫的情怀，更是一种崇高的灵魂。语文是一种灵性，一种尊重，一种人格，一种精神。语文教学的根本任务就是培养学生正确理解和运用祖国的语言文字进行思维和表达的能力，以提高学生的语言、文化、思想、道德素养，促进学生的全面发展。

二、何谓“语文味”

所谓“语文味”，是指在语文教学过程中，以师生互动关系和渗透教师的生命体验为前提，以提高学生的语文素养、丰富学生的生存智慧、提升学生的人生境界和激发学生学习语文的兴趣为宗旨，主要通过情感激发、语言品味、意理阐发和幽默点染等手段，呈现一种富有教学个性与文化气息的，同时又令人陶醉的诗意美感与自由境界。

“语文味“的最高形式，主要体现在教师引导学生凭自己的经历、阅历和文化积淀，去体味、感悟作品，引导学生在充分的思维空间中，多角度、多层面去理解、鉴赏作品，产生对文本的情感美、文体美和语言美的认同与赞赏，并产生强烈的阅读欲、创作欲，这样，在长期的濡染中培养学生的语感和美感，触发学生的灵感，丰富学生的精神世界，涵养学生优美的文明气质和优雅的文化风度。

“语文味”是语文课堂的灵魂，更是语文教学所应该追求的一种境界。

多年来中学语文教学大多走在它的边缘。在此，我就中学语文教学中“语文味”的缺失与回归做些浅显的探究，以期抛砖引玉。

三、中学语文教学中“语文味”的缺失

“语文味”的缺失，首先体现在评价机制上。我们的高考考查似乎离“语文味”甚远，有没有文化积淀似乎与高考分数关联不大。因而，语文教师不得不捡起“训练”的法宝，这样既可应付考试，又方便实用。高考成绩和“语文味”的天平始终就是倾斜向高考的评价尺度。

“语文味”的缺失，问题还出在对新课程理念的错误理解上。一些老师对语文课文的把握颇有偏失。历史散文的教学有的就上成了历史课，科技类文章的解读可能就上成了自然科学课或综合课，政论文的解读可能又划入政治宣讲的泥淖中，轰轰烈烈，乌烟瘴气，必然导致了“语文味”的缺失。

四、中学语文教学中“语文味”的回归

“为师不识语文味，教尽经典也枉然。”“语文味”既是语文教学应该具有的一种特色、一种整体美，更是语文教学应该追求的一种境界。那么，如何使自己的课具有“语文味”呢?

1. 净化语文课堂教学的内环境，是使语文课具有“语文味”的前提

要净化语文课堂，首先要知道哪些东西不属于语文。尽管语文课与政治、历史或其他自然科学知识有关，但是，语文课不是政治课、德育课，也不是美术课或其他自然知识课，无论把语文课上成哪一种课，都与“语文味”背道而驰。其次，语文课不是其他学科知识的拼盘。目前在中学语文教学中，特别是说明文教学中，把语文课教成了天文课或地理知识课的

现象依然严重。

2. 用语文独有的人性美和人情魅力，去丰富和磁化语文教学过程，是使语文课具有“语文味”的核心

要教出语文课独有的美感与魅力，可从以下几个方面入手。

（1）教出语文独特的情感来。在语文教学活动中，教师要开启学生的情感之门，并使之与教师、与文本、与作者产生情感“共鸣”。把教学情感交流、沟通得恰到好处，才能克服枯燥无味的说教，才能防止出现灌输式的教学，才能产生最佳的教学效果。那么，如何教出情感呢？首先，教师备课要备情感，即要找出教材的情感点。教师要用整个身心去体验课文所蕴涵的情感。其次，教师上课还必须满怀激情。语文课要让听者沉浸在一种审美愉悦之中，如坐春风，如沐秋阳。

要把学生培养成情感丰富的人。“文章不是无情物”，语文课是人文性很强的学科，本身就都包含着浓厚的色彩。学生不可能天生有激情，不可能面对所有的文字都产生强烈的情感，换言之，学生的激情是需要培养的，而不只是被利用。所以，我们在上课时必须饱含激情，找准课文和学生的情感点，在教材的情感点、学生的情感点和教师的情感点之间架起一道畅通无阻的桥梁，引导和促成三者之间产生和谐共振。古人有云“夫缀文者情动而辞发，观文者披文以入情”。一些名篇佳作，往往饱蘸着作者的思想感情，甚至凝聚着他们的心血乃至生命。就算是一些非情感性的文章，其中也散布着很多的情感点，因为作者写作时必定在其中浸透着自己的爱憎情感 。当然，激发学生学习“语文”的兴趣和热情，使学生在“母语及其文化”的熏陶感染中去明辨是非，形成正确的情感态度和审美观、价值观，并不是无限制地去扩展教学内容乃至忽视了学科特点，把语文当成无所不包、无所不能的大杂烩。因为这毕竟是在“语文”课堂上体现人文教育，而不是在给学生上思想政治课。套用一句通俗的话说就是，没有“情感态度与价值观”的教育是不行的，但把“情感态度与价值观”的教育无限扩大化也是万万不行的。

（2）教出语文课独特的美感来。语文编排了大量文质兼美的典范文学作品，这些作品生动地反映了自然美、生活美、社会美、精神美和语言美，有丰厚的审美内涵。但是，教材最重要的归属者不是教师，而是学生，所以，教师应运用独特的视角，在教学上对不同的课程要有不同的设计，以开放性、生成性和创新性作为基本的价值取向，从激发学生超越于知识之上的智慧、灵感、激情、创造性及生命活力出发，改善和优化整个教学流程，使每个教学环节和片段都充溢生机和活力，使学生最大限度地突破知识体系的“束缚”，从而焕发出个体生命所特有的灵气和才情，让语文课返璞归真，避免“表面轰轰烈烈而实际一无所获”的倾向，让语文课真正成为学生喜爱的有味道的课程。首先，语文课要教出并让学生体会到语文课的语言美、意象美、意境美、思路美与文化美。其次，语文课堂上要弥漫着一种其乐融融的氛围美。有“语文味”的语文课既要让学生学会有魅力地哭，也要让学生学会美丽地笑。例如，可以根据教材编写的体例和单元教学的要求，根据每篇课文不同的特点，根据学生的实际情况，选择适当的角度切入。把课堂重点设计为：整体感知课文内容，品读精美的语言，感受动人的情节，学习刻画人物传神的技法，挖掘生活中的朴素哲理，从而和故事中的人物同喜同悲，与自然社会同呼吸同律动……一句话，不必每堂课都面面俱到，只求某个点挖深嚼透，真正让学生能有所悟，有所得，有所能。

（3）教出丰富的语感来。所谓教出语感，即教出对语言的敏感，包括对文体、语体和字、词、句的敏感。让学生学会通过字、词、句的字面义读出蕴涵在其中的情境义、深层义和象征义。这三者之间，教出对字、词、句的敏感能力是最基础最核心的。当然，对字、词、句的敏感主要是靠读出来的，而不是靠分析出来的。特级教师于永正说过：“读好了，什么都在其中。”读出思想，读出情感，读出形象，读出韵味，让学生通过各种形式的“读”来披文入情，充分地触摸语言，感受语言，就能达到“书读百遍，其义自现”的效果。

品味语言，“读”字当先，虽然语言品味可采用多种方式，比如：比较不同句式，故意遗漏重点词语，抓关键词理解，甚至还有现场表演……都能使学生格外关注重点词句，加深体会。但是没有朗读的参与，只一味地干“品”，学生往往找不到语言的感觉，文字的妙处并没有在学生心中烙下印迹。学生对字词句的敏感主要是靠读出来的。所以，要让学生充分地读，在读中整体感知，在读中有所感悟，在读中培养语感，在读中受到情感的熏陶。朗读加深学生体验，朗读促进学生理解，朗读内化学生情感，朗读凸现学生感悟。而教师的主导地位就在于挖掘值得品读的语段，引导学生深度感悟、朗读，培养其语感。在朗读中让学生沉醉，在朗读中激发学生的情感。琅琅的读书声，永远是语文课堂中最动听的声音。当然，语文课上，要有琅琅书声，也要有静思默想。要能够整体感知，更要学会咀嚼涵咏。要鼓励学生畅所欲言，也要尊重学生独特的见解。

3. 创造师生互动的教学平台

新课改从提高学生语文整体素质和审美能力的高度，强调学生是学习的主体，教师是学生学习的协助者、参与者、合作者和组织者；反对教师一言堂、满堂灌的传统做法；提倡教师如同导演，组织设计好各种教学情境，为学生发挥才干、展现自我提供平台，让学生在师生互动、生生互动中主动学习，充分发挥其学习主体的作用，才能最终达到提高语文能力的目的。

就现代文教学而言，教师示范讲解一篇，其他的篇目可以考虑由学生分组自主学习和讨论，然后推举代表在班上发言交流学习体会，教师做适当的补充；就文言文教学而言，难度在字词句的理解，学习一篇课文，先分段分任务以组为单位自主学习讨论，接着由一个同学代表本组将本段的内容面向全班同学进行讲解，其他同学可当面质疑，诠释不清楚的或错误的地方再由老师来补充更正；就作文教学而言，教师先给学生的作文打分但不写评语，接着分组交叉阅读同学的作文，然后要求学生根据老师打分的提示给每一篇作文写出评语，然后选出最好的作文在班上范读，再请其他的同学对他进行适当点评，以组为单位，开展生动活泼自主的学习形式，让学生热烈地讨论小说的形象、品味散文的意境、诵读优美的诗歌、演绎戏剧的场景等，就能突出学生在课堂教学的主体作用，让学生在展示自我的学习过程中，不仅掌握了知识，同时也能体会到紧张学习中收获的喜悦。

4. 提高教师素质，是使语文课有“语文味”的关键

要使课堂焕发出“语文味”，教师应该自身就有“语文味”。一个教师在课堂上出口成章、词藻丰富、旁征博引、妙语连珠、收放自如，那么，这样的课堂不管是预设也好、生成也罢，无疑都会是一堂好课。作为语文教师，脑海中若没有几百首诗词、几百篇古文、几百部中外近现代的著名作品的印迹，自身的“语文味”恐怕是难以浓烈的，要使得课堂充满“语文味”，学生充满“语文味”恐怕更是难矣。

苏霍姆林斯基曾说：“我一千次的确信，没有一条富有诗意的情感和美的清泉，就不能有学生的全面智力的发展。”“语文味”是语文课堂的灵魂，更是语文教学所应该追求的一种境界。为了这个“味”，语文课需要诵读积累，也需要识记理解；需要自感自悟，也需要讲深讲透；需要自主，但不是自由；需要探究，但不是猎奇；需要拓展延伸，但不是包罗万象；需要演示体验，但不是喧宾夺主；需要强调学生的主体地位，但绝不是淡化和削弱教师的主导地位。唯自由，唯表演，唯综合，唯现代，唯平等，都不是真正的语文课。有“语文味”才是语文课的灵魂所在。

语文以心会心，以精神对精神，以灵魂征服灵魂，守住中文的血脉，就是守住华夏民族的命脉和希望！

第三节 “涵养心灵”教育理念下的大语文教学观

语文教学中实践创新教育

创新教育是素质教育的核心内容，它既贯穿于教学的始终，体现为一种教育过程，又是教育教学的终极目的，体现为一种目标。语文是一门古老的学科，语文教学在多年的教学实践中，经过一代又一代语文工作者的努力，逐渐形成了一整套卓有成效的教学方法。这些方法既有理论依据，又有较强的可操作性，在传统语文教学中起过巨大的作用。但是，随着创新教育时代的来临，随着研究性学习的深入开展，传统的语文教学也日益暴露出不足。主要表现有：忽视语文课程的创新价值，仅把课程看成传授知识的载体和工具；课程目标缺乏对学生创新素质增减的明确要求和具体规定；多数教师习惯于讲演式，讲授式教学，甚至有的老师发展成为评书式，并以此为荣，沾沾自喜；教学媒体落后，很多老师习惯于一本书、一张嘴、一支粉笔的传统教学手段等等。因此，必须在教学思想和教学方法上完成以下几个转变：

一、变“讲授”为“互动”

提倡启发式教学、民主讨论式教学、以自学为主式教学等方式，突出互动性，要由“一言堂”改为“群言堂”，让学生参与教学的整个过程。给学生提供自由选择的学习自主权。在学习中让学生自我管理，自我调控。

“一靠民主，二靠科学”，民主解决学习积极性、主动性问题，科学解决知识、能力科学化、合理化问题。摒弃死记硬背，提倡质疑，鼓励异想，开放求异思维。语文教师自身要具有创造力，不墨守成规，还要能够树立全新的学生观，把全体学生都看成学习的主人，创设师生平等、生生平等的教学氛围。要让学生认识自身的危机感和使命感。要尊重学生个性，爱护学生的自尊心和自信心，鼓励学生超越老师，具有能激发学生创造渴望的教学艺术。

二、变“全讲”为“选讲”

随着课程改革的深入，现行教材除了课本外，还增加了读本，阅读量大大增加。如何在有限的课时内完成教学计划，教给学生学以致用的知识呢？这就要改变固有的教学模式，教学内容要有选择地讲，只讲最需要讲的内容。有几个要点的课文，要慎重进行选择，挑选其中一个关键要点，从课文分析、板书设计、多媒体演示、知识迁移训练到作业都紧紧围绕这个要点进行。尤其是把读本引入课堂，让学生大胆尝试当老师，把课文只当作例子，学生通过自己的探究性学习，就会发现语文本身的魅力，增添对语文的兴趣，迸射出创造的火花。

三、变“封闭”为“开放”

创新教育时代的语文教学注重开放性，它包括空间上的灵活性，时间上的自由性，学生对学习活动有自由的选择性，学习材料的丰富性、课堂内容综合性，更多的是教学组织形式的变化性。在教法上要避免千篇一律，课型呆板、单一，要保持新鲜感和吸引力，这就需要教师用心钻研教材，力争每一节课都与以往不同。要注意提高精讲效果，要求学生多问，不仅求知其然，还要知其所以然，使学生在掌握语文知识的同时，探究并掌握创造性的思维方法。

语文教师要学会将走出去与请进来相结合，课内课外相结合 ，思想教育与语文能力培养相结合，有效地利用现代教学技术和手段，降低教学难度，把语文教学与当今复杂多变的社会联系在一起，体现大语文教学思想，让学生能在学到丰富知识的同时，熏陶情操，提高思维能力，顺应时代的发展。

关于向语文课堂要质量的几点思考

向语文课堂要质量，就是提高课堂教学效率，坚守住语文教学的阵地。什么是语文教学效率？所谓教学效率，是指学生的学习收获与教师、学生教学活动量在时间尺度上的度量。据此，我们可以这样来认识语文教学效率：语文教学效率是指在一定的教学时间内，师生的教学活动所获得的实际效益，实际效益即学生实际的语文能力。

对于如何提高语文课堂效率我有以下几点看法：

一、提高语文课堂效率关键在教师要有良好的素质

（一）人格与效率

冯友兰先生曾说“人有四境界：自然境界、功利境界、道德境界、天人境界。”我认为合格的教师应该是道德境界的人。如果一个教师在邪恶面前不怯懦、在困难面前不低头，正直善良，同情弱者，扶持落后，关心上进者，永远拥有一颗火热、诚挚的童心，永远保有一双公正、诚实的眼睛，永远操有健康的心口如一的语言，永远想着带给学生新鲜圣洁的思想。那么，学生就会对你产生信赖感、亲切感，深深地被你的魅力吸引，就会对你所教的语文感兴趣，教学效率肯定会提高。

那么，一个教师的高尚人格从哪来呢？它来自对教育事业的无限热爱，来自强烈的职业责任感，来自对人生社会的深刻认识，来自对真善美的执着追求和对假丑恶的切齿痛恨，来自对深刻的人道主义思想和宽广博大的胸襟，来自对教材透彻而正确的认识，来自和学生共同奋斗的需要。

（二）思想与效率

语文教育的整体目标，不仅在于提高学生的文化知识素养，而且还在

于提高学生的思想品德和心理素质，要想做到这一点，教师必须具有较高的思想水平。

教师的思想魅力来自正确的世界观和方法论，同时也与强烈的社会责任感有关。这就要求教师必须经常学习哲学、关心时事，思想敏锐，能通过现象看本质。当学生体会到教师的思想活力、教师的点拨弥补了自己的思想和知识缺陷时，他就会不由自主地迷恋上教师的讲课而喜欢上语文课，从而提高教学效率。

（三）技艺与效率

语文教师必须具有较强的朗读能力、丰富的词汇量、较强的语言表达能力，能够写出一手好文章，还要加强艺术修养，这样才能受到学生的欢迎，甚至成为学生刻意模仿的偶像。这种崇拜和模仿，可以转变为学生学习的强大动力，从而提高教学效率。

基于以上认识，我在教学实践中始终不忘从各个方面砥砺品行，苦练学识，坚持读书，长期积累，锲而不舍。我想，在语文教学岗位上，教师不是在百米冲刺，而是万米长跑。

二、提高语文课堂教学效率要求教师切实灵活驾驭教材

我在教学过程中十分注意对教材的研究，注重师生共同明确教材体系和学习目标，并进一步进行学法指导，具体做法如下：

（一）明确目标

1. 课前明确学习目标。新教材编排体制体现了以文体教学为整体目标的系统学习体系。我在课堂教学中，首先与学生共同明确单元教学目标，接着再指导学生看读每篇课文前的学习要点，了解单篇课文的个性要求，做到学前心中有数，带着目的去学自然觉得有抓手，一节课下来学生反思课堂学习内容也会有所侧重。

2. 课上明确练习目标。每节课上我都指导学生在通读课文后了解课后练习的内容，并把练习中的重点与学习目标相通的内容穿插在课堂讲授讨论的各个环节中，做到讲练结合，突出学生理解，培养学生动口、动脑能力，达到掌握重点、分解难点的目的。

3. 课后迁移巩固目标。就是读写结合，以读促写，以写导读。例如，让学生充分理解课文，抓住细节描写表达情感的写作特点，迁移引申“写作要有真情实感”的作文训练，引导学生以课文为范例抓住生活中典型细节表现思想感情。同时，在作文讲评时引导学生从范文中、习作中自觉找出实例，学会有目的地去阅读，以写导读。所以，课下学生找来了许多篇相关文段自己欣赏阅读。这样对目标进行迁移训练不仅将教材本身进行了整合，更使学生的读写能力得以定位。

（二）指导学法

指导学生在学习教材上掌握一定的方法，授之以渔，效率自然会提高，就会事半功倍。具体做法：

1. 对课前预习要有布置和检查，并过渡到不布置也检查，形成习惯。

2. 对每一模块目标做灵活处理，不拘泥于教材。培养学生筛选信息的学习能力，而且渗透培养学生创造性思维能力，激发学生对科学探索的无限兴趣。

指导学生学会观察，培养想象能力和写周记的练笔习惯，并指导学生课外阅读，做读书笔记写读后感。这一点我一直坚持着，并且与课内学习紧密结合，效果很好。系统指导短文，指导学生活学活用。充分利用课内外知识，提升认识。

教材处处有目标，达成目标要学法，关键在于教师是否能够灵活发挥教材优势，实现教材整合效应，向课堂要质量，切实提高教学质量。

三、提高语文课堂教学效率要有优化课堂的教学措施

我在优化课堂教学中做了如下尝试：

1. 课堂立意要高屋建瓴

高屋建瓴的课堂立意是指从大背景、远目标、深层次的角度来审视课文，安排教学活动，即跳出就课讲课、讲完下课的小圈子。“文似看山不喜平”，课文内涵的挖掘也是这样的，挖掘得越丰富越深刻，学生越有触动，他们的情思就容易被调动，课堂质量就越高。当然，这同样需要教师有良好的思想素质。

2. 课堂艺术要独出心裁

古人云：“运用之妙，存乎一心。”我认为，这个“心”就是独创。我的实践证明：只有独创，才能出特色，出个性，出新意，上水平。否则，就是照本宣科，就是生吞活剥。课型的设计是对课内学习的提升，课堂环节处处讲究艺术性，突现美的教学情景，有创意，自然有效率。

3. 课堂氛围要生机勃勃

课堂没有活气，死气沉沉，怎么可能有较高的教学效率呢？酿造生机勃勃的氛围的手段是多种多样的，如多媒体教学手段的应用，教学设计体现学生的主体性，教师要有高超的教学艺术，设计丰富多样的教学环节等等，这些都是课堂氛围活跃的必要途径。而我认为使课堂永葆活力的当属教师的课堂语言。这种语言中一定要富有激情，或如高山瀑布，飞流直下；或如长江大河，激越奔腾。绘景就绘形绘色；抒情就淋漓挥洒；说理就鞭辟入里。一堂课的语言境界高妙了，还愁缺少什么气氛，教学效率怎能不高？在以“树根”为话题的抒情、明理即兴口头作文中，我即兴书怀一段，学生立刻灵感既现，纷纷作出美妙的精彩的文段，那节课我带着满意的微笑走出教室。

4. 课堂节奏要一张一弛

一张一弛是文武之道，课堂教学也不可逾越这一规律。“弦过张易折”，教师要抓住学生的心理规律，适时调节调动学生兴奋点，必要时也可调整教学环节。总之，教学活动要以是否有助于提高效率为核心。

当然，所有教学操作都离不开语文学科的性质和任务。语文教学要牢牢把握语文综合性的特点，要融知识传授、能力培养、智力发展、思想熏陶为一炉，一箭数雕。要优化课堂教学，充分调动每个学生的积极性。要讲究教学节奏，有疏有密，把学生引入学习佳境。要教出个性，有血有肉。

我的大语文观

素质教育是指按照社会和人的发展的需要，遵循教育教学规律，面向全体学生，以全面提高学生素质为核心的教育。而语文学科作为基础教育，素质教育的情况如何，不仅关系到语文教学的质量，而且关系到整个基础教育的质量。因为，语文教学为人们接受学校教育、社会教育提供了一种无法取代的工具和媒介；语文教材（包括课内外阅读）为人们认识世界，了解人生提供了一个色彩斑斓的空间；语文教学还为学生提高认识、丰富情感，激发思维提供了有血有肉的凭借。正如乌申斯基所说：“本民族语言是一切智力发展的基础和一切知识的宝库，因为对一切事物的理解都要从它开始，通过它并回复到它那里去。”由此可见，语言教学在实施素质教育中意义重大。

据此，我在语文教学实践中，以进行语文素质教育为指导思想，坚持“大语文”的教学观念，多角度、多形式地培养学生的综合素质，并利用语文活动形式对学生进行思想和心理素质教育，将学生的目光引向生活，引向社会，使他们能够运用从课本上学到的知识，去解决社会生活中遇到的实际问题。我将这种以素质教育为中心的教学实践称为“走入大语文观园”。

教学实践中，我主要从以下三个方面对学生进行素质教育培养。

第一，拓新学识，深化思维，陶冶情操。

课堂教学注意拓宽、加深学生认识问题的广度、深度，教学中侧重知识的引申过程，以提高学生的思想水平。课前认真钻研教材，在教参指导的基础上，进一步挖掘，拓展知识涵量，发挥教师驾驭教材的作用。课上，立足课文材料，旁征博引进行知识迁移，深化学生思维。

第二，因势利导，放眼社会，事事关心。

教学实践中，我坚持将社会生活作为语文教学的“源头活水”。课堂上，因势利导，将学生视野引向社会，培养学生“家事、国事、天下事、事事关心”社会责任感，提高学生认识社会能力。

语文教学包罗万象，教学过程中，时刻体现“大语文”教学特色，将学生从狭隘的课堂引到社会生活中的方方面面，使语文课堂充满了鲜活之水。从而培养学生高尚的道德情感和辨别是非的能力。我想，这正是语文教学中素质教育的重要体现，是语文工具学科功能的最佳发挥方式，也是加强国民素质教育的重要内容。

教学实践中，重视人文精神的陶冶。经济愈是发展，愈是呼唤道德；科技愈是发达，愈是呼唤人文。而语文课是陶冶学生道德情操，抵制商品经济和高科技的负面影响，为树立正确世界观和人生观最主要的学科。据报载：当今时代语文教学背景出现了六大变化，其中有四大变化，即：阅读心理的变化、抒情方式的变化、价值观念的变化、阅读文本的变化，这些变化皆属人文意识变化范畴。因而，语文教学实践中，重视人文精神的陶冶已成为当今时尚内容。

我国语文向来有“明道”“载道”“传道”的优良传统。当今语文教学实践更应做到深入挖掘教材的文学因素和德育教育，理直气壮地对学生进行人文教育和审美教育。教育学生追求真、善、美，反对假、丑、恶，树立正确的、进步的价值观，保持童心、爱心、恻隐之心，培养正直、忠诚、积极向上的人性中最纯洁、最宝贵的品质。

我在语文教学实践中，充分发挥语文教学的审美因素，从审美的角度去研究教材，处理教学内容，设计审美化的教学方法，带动学生以审美的眼光去发现美，欣赏美，品味美。如在语文阅读中，品味散文精髓的神韵美；评论英雄牺牲的悲壮美；慨叹平凡世界的人性美；欣赏自然山水的纯净美等等，使阅读对象成为审美对象，培养学生的审美情趣，提高学生的鉴赏品质。

总之，美哉，语文教学！

第三，开展多种形式的语文活动课，培养学生的心理素质、语言素质、仪表风度等综合素质。

语文活动课应成为语文教学的一翼，学生在活动中，动脑、动口、动手，自主学习，主动发展，并构架起丰富的科学合理的语文知识结构，发展智力、提高能力，促进青少年身心全面发展。

我在语文活动课教学实践中，侧重授之以渔，导之以法，课堂充分准备，确定教学目标、教学内容和教学计划，活动中注意评价指导。总体看，我的语文活动课设计特色为：新、活、妙、实。新，内容形式不断更新；活，是指语文活动课要适合各个层次学生心理要求和个性爱好，体现分层次活动原则；妙，指语文活动课能激发兴趣，寓教于乐，启智于趣，活而有序，动而不乱；实，是指不搞形式主义，面向全体学生，全面发展。基于此，我先后组织学生开展了诗歌朗诵会、接力背诵课文会、演讲比赛、辩论会、日记竞赛、钢楷比赛、演课本剧、办手抄报、竞争上岗等多内容、多形式的语文活动课。

总而言之，语文活动课使学生真正走入了“大语文观园”中，开阔了学生视野，学生在这片芳草地中尽情发展自己，是多方位、有效地培养和提高学生语文素质的实践。

综上所述，我的语文素质教育观为：在“大语文观园”中“习文悟道”。“习文”就是让学生学习丰富的文化知识并获取大量的社会生活信息，“悟道”就是对学生进行思想品质教育。语文学科蕴涵着丰富的文化内涵和人文思想。从古到今，人们接受教育，首先发端于语文，并自始至终伴随着语文教育。同时，语文本身也广泛地记载了人类社会的事理情志、中华民族的审美情趣以及民族的人格品质，这些光芒闪烁的东西超越时空，铸造着人的灵魂，丰富着跨世纪人才的内心世界。因此，实施语文素质教育是历史发展的必然。语文教学无疑要做素质教育的先导，积极承担起素质教育的重任。

当然，语文教师在语文素质教育中需要不断地反思和完善自我。砥砺品行，具有高度的敬业精神和奉献精神，才能赢得学生钦佩的“润物细无声”品格力量；拓新学识，拥有广博的学识，才能得心应手地驾驭知识结构。毋庸置疑，培养学生素质的前提是教师素质的不断提高。

第二章

高中语文教学中鲁迅名篇的思想含蕴

第一节 鲁迅文学名篇的人文思想涵蕴

鲁迅名篇中的人文精神是他对于他所处世界的认知与切入方式，他对民族生存状态、自我存在意义、存在方式、现实图景关注的人文关怀。他早年所接受的进化论思想、尼采哲学，以及他对中国传统文化的整合，吸收西方现代主义侧重否定现实的精神使得他的思想呈现出多元状态。鲁迅人文精神的构成包含了人道主义、现代主义、传统文化以及后期的马克思主义等多种思想，但总体结构则有明确的走势，即鲁迅对于他所接受的每一种思想都始终指向着对于“人”的改造，对于启蒙的执着，无论他学医或是弃医从文，无论他写小说或是写杂文，甚至他在作品中采用了诸多的杂文笔法、主观的象征嵌入，直至放弃小说创作而致力于匕首投枪般的杂文创作……这些选择表明了他始终在寻求着一种实现有效地改良人生的方式。依此，我认为，鲁迅人文思想的核心是“立人”。“首在立人，人立而后凡事举，若其道术，乃必尊个性而张精神”“国人之自觉至，个性张，沙聚之帮，由是转为人国”。这种“立人”思想集中表现在两方面：一是他对于国人启蒙的关怀；二是鲁迅所有文章都立足于人民大众，充满了对广大民众命运的同情、关注，对民族生存境况、前途的深切忧患和深沉思考，体现着终极人文关怀精神。

鲁迅曾说：“自己背着因袭的重担，肩住了黑暗的闸门，放他们到宽阔光明的地方去；此后幸福的度日，合理的做人。”他绝不是空言者，他为青年做的许多事，就是明证。在《纪念刘和珍君》中，鲁迅倾吐出对爱国青年的关爱与礼赞，对进步青年的斗争艺术的指导，对反动军阀和无耻文人的无比痛恨和无情批判，集中体现了鲁迅“横眉冷对千夫指，俯首甘为孺子牛”的光辉人格；在《为了忘却的纪念》中有鲁迅对五烈士的深切怀念，一个白发长者送黑发人的至诚痛心，在这里我们看到的是一个有血有肉、能爱敢恨的具有健全人性的大写的“人”。鲁迅身处灾难深重的旧中国，忧国忧民，以改变国民精神为己任，《阿Q正传》写出“沉默的国民的魂灵来”倾注“哀其不幸，怒其不争”的沉痛，他深知中国人的“‘生命圈’便完结而为‘生命’”，所以他的批判是尖刻的：“中国人的性情是总喜欢调和、折衷的。譬如你说，这屋子太暗，须在这里开一个窗，大家一定不允许的。但如果你主张拆掉屋顶，他们就会来调和，愿意开窗了。没有更激烈的主张，他们连平和的改革也不肯行。”这其中充满着深重的忧患意识，“揭出苦痛为了引起疗救的注意”。《灯下漫笔》是鲁迅“立人”思想体现较显著的杂文之一，“立人”是教育的本质，《灯下漫笔》教导我们认识现实，正视现实，改造现实，创造心灵，用理性去看待现实中的矛盾，把注意焦点转移到个人自身、民族、国民身上。可以说，在中国没有谁能像鲁迅那样，对几千年的封建宗法制度和根深蒂固的传统观念有那么清醒、透彻的了解；也没有谁能像鲁迅那样，对专制和愚昧揭露得那么深刻和全面；更没有谁能像鲁迅那样，对渗透到中国人思想基因中的“劣根性”痛下针砭，无情地撕下罩在中国人脸上的形形色色的假面。没有鲁迅，也许我们至今仍然对与世俗人情融为一体的虚伪习焉不察，深陷于“瞒”和“骗”的泥淖“大泽” 不能自拔。鲁迅的伟大即在于此，鲁迅的不被人理解也在于此，鲁迅的被人攻击还在于此。我们含着泪读完阿Q，我们沉痛地读完《灯下漫笔》。

我们不会漠视自己的疤痕，我们会站在鲁迅的肩膀上冷静审视自我，更奋然而前行。

一个敢于正视自己弱点的民族，才是最有希望的民族，从这个意义上说，鲁迅名篇教学乃是对人文精神的弘扬，在语文教学中以此为核心就会达到语文教育的本质目的。

第二节 鲁迅文学名篇教学的审美因素

艺术之所以为艺术，其根本特征和价值根源就在于审美。文学作品当然不能例外，文学是用语言塑造形象以反映社会生活、表达作者思想感情的艺术，它的巨大感染力在于以情动人、以情化人、以理启人，其中蕴涵着丰富的审美因素，自然还有高尚的道德情操、积极的人生态度、圣洁的精神教化、对人世百态的深邃思考等等。面对鲁迅笔下始终微笑友善而又义无反顾勇赴死地的“真的猛士”，谁能容忍那些肆意污蔑勇士的流言的种子蔓延传播呢？面对“夜正长，路也正长”的深沉慨叹，谁又会不被激起沉重的忧患意识呢？这就是艺术家以其特有的审美情感，带给读者的美的体验和感受。

语文教育承载着重要的审美教育功能，审美教育有助于促进人的知、情、意的全面发展。文学艺术的创作和鉴赏是重要的审美活动，高中语文课程应关注学生情感的发展，让学生受到美的熏陶，培养自觉的审美意识和高尚的审美情趣，培养审美感知和审美创造的能力。

鲁迅名篇始终关乎“人”的问题，其蕴涵的审美因素也是从“人心”出发又回到“人心”的。《为了忘却的纪念》反复出现“原来如此！”的文句以及“惯于长夜过春时……怒向刀丛觅小诗”的悼亡诗，我们反复诵读，沉浸在一种变化激越的情感氛围里，自然会体会出那种无法遏制的悲愤和迫于无奈的苦痛心情。学生也会在惨白的月色、墨黑的衣服交相映衬烘托出的凄凉意境中感受作品的审美内涵，在与先生同悲痛、共愤怒中激发无限崇高而悲壮的美感体验。小说《药》中那漫漫黑夜观看杀人的“热闹”场面，那鲜血淋淋的、似乎还冒着热气的人血馒头，那阴冷萧瑟的堆满了“宛然阔人家里祝寿时候的馒头”的坟场;《祝福》中隐隐约约传来的声声爆竹，醉醺蹒跚着的天地圣众……如果我们没有能力感觉到这些带有强烈情绪色彩的细节场面渗透的审美因素，也许就如鲁迅先生所言的“我们人人之间各有一道高墙，将各个分离，使大家的心无从相印”。毫无疑问，鲁迅名篇担当起了拉近人与人之间心灵距离的重任，看着阿Q的丑陋而又具有世界性的人类普遍的心理弱点，难道你没有心悸吗？阿Q的灵魂何尝不是我们每个人潜意识深处隐藏的人性之恶啊！如果他刺激了你，影响了你，并进一步使你自省，我想，你的心灵就是向上的，你就经受了美的洗礼和教化，说明鲁迅于你、于我、于他都相关，鲁迅无价！

在鲁迅名篇的具体教学中，教师可以通过作品以形感人、以情动人的特点中挖掘文中的审美因素，培养学生的审美意识。

首先，抓住艺术形象的特征进行审美教育。语文教学中的审美教育实际上就是借助感性的审美活动，以艺术形象对受教育者施加影响的过程，在施教中可以从艺术形象的特征中挖掘审美因素，探究审美意义。如鲁迅的小说《药》《祝福》《阿Q正传》的教学，或从环境描写入手，或从个体人物形象出发，或从群体人物形象出发都能够达到挖掘审美因素，充分诱发审美体验，探究审美境界奥妙的目的。

其次，抓住作品中的情感因素进行审美教育。以情动人是文学作品的又一审美特征，情感是写作的内驱力，作者在创作中融入了自己对生活的情感体验，借助作品传达独特的审美体验，铸造作品感化人心的因素。教学《为了忘却的纪念》《纪念刘和珍君》《灯下漫笔》等杂文时，都可以从品味作品情感出发，并创设一定的情感情景，激发个人情愫，理解作品情感，形成美感体验，获得美感享受。以情境感悟体验情感还需要通过作品的语言或其他物质手段的描绘，借助“设身处地”的想象，在头脑中形成没有感知过的人物与景物形象，从而获得美感享受。鉴赏鲁迅的小说《祝福》，可以让学生以小说中任何一个人物的身份重新演绎“祥林嫂的故事”，学生在“设身处地”的想象之中进入到作品所再现的生活情景内，仿佛亲身体验到祥林嫂的悲惨生活和不幸遭遇，产生如同置身于现实生活本身那样强烈的真实感，于是感情为之震动，心灵受到撞击，并进一步领悟它所表现的更广阔、更丰富、更深远的内容和意义，因探隐而知显，更好地把握小说的美学价值。

第三节 鲁迅文学名篇教学的德育因素

注重德育是我国传统教育乃至传统文化的优秀传统。从中西文化的比较研究得知，西方文化以“知识”为本位，注重探索世界奥妙，侧重的是科学主义传统；中国文化以“人伦”为本位，注重道德完善，侧重的是人文主义传统。我国现代教育强调“德、智、体、美、劳”的全面发展，仍旧把“德”置于第一位，可见，德育不可偏废。

“学者第一要看德器。德器深厚，所就必大；德器浅薄，虽成亦小”道出了德与才的关系；陶行知先生亦有言：“千教万教，教人求知；千学万学，学做真人”道出了教书育人的真谛。教育是人的灵魂的教育，而非理智知识和认识的堆积，属于人文学科的语文教育则更应触及人的精神、人格、灵魂，语文教师在语文课程教学中除让学生学会学习，学会读书、作文之外，还要善于利用语文教学的德育因素，教会学生学会做人，做一个顶天立地的大写的真人。

就鲁迅而言，他的道德境界和人格精神值得学习借鉴的地方实在是太多、太多了，把鲁迅精神作为语文教学中渗透品德、人格教育的主要内容，是可行的、有效的。因为，就高中语文教材中鲁迅作品选篇而言，鲁迅的人格精神以“民族魂”为核心至少可归纳为以下几方面：一是“横眉冷对千夫指，俯首甘为孺子牛”的爱憎分明，能爱敢恨，团结与斗争精神；二是教导我们要做人而不要做奴才的深邃冷静的民族自省精神；三是鲁迅思想对我们今天文化建设的意义。许多鲁迅研究专家极其不愿意把鲁迅当作“旗帜”，但无论怎样，我还是愿意给鲁迅冠以“旗帜”的称谓，因为鲁迅虽然临终嘱咐“忘记我，管自己的生活”，但是，直到今天我们仍然无法忘记鲁迅，从这个意义上说，鲁迅应该是一面“旗帜”，我们也应该用鲁迅的精神感召我们的学子，力争在这样一个价值取向多元、人生信仰迷失、物欲横蔽、人文亏蚀、道德滑坡甚至是民族精神遗落的今天，重新点亮学生心中的民族灯塔，使之重放异彩，重建民族精神和人的解放，这于学生是获益匪浅，于教师是功德无量，于鲁迅是一大幸事，于民族更是幸甚、幸甚！

试想，半个多世纪以来的数代中学生中有几人不会对“真的猛士，敢于正视淋漓的鲜血”，对“创造这中国历史上未曾有的第三样时代，则是现在青年的使命”，对“夜正长，路也正长”，对阿Q“精神胜利法”，对“世上本来没有路，走的人多了也就成了路”等诸如此类的耳熟能详的语言形象铭刻于心呢？这是鲁迅作品在某种程度上对人的精神教化和影响。但是，长期以来，在我们的语文教育中，鲁迅作品教学一直侧重于政治图解和阶级分析的层面，把鲁迅神化、庸俗化，往往在任何一篇鲁迅作品的开篇都要冠以“伟大的文学家、思想家、革命家”的高名，无形中把鲁迅凌驾于我们之上，成为不食人间烟火的“圣人”。鲁迅精神自然是篇篇爱国，篇篇战斗，神化的效应则是：鲁迅离我们遥不可及。事实上，在语文教学中进行德育，绝不是通过分析思想进行政治说教和道德说教，而应当利用语文课的特点把德育渗透到各种教学活动中去。语文教育中的德育应具有“隐含性”的特点。苏霍姆林斯基曾讲过这样一个教育案例：一个拖拉机手失去了双腿和左臂，也失去了生活的信心，但他的妻子却用自己的爱使他重新站了起来。学生听了这个故事，自然会被这位伟大女性的精神感动，但苏霍姆林斯基说：“不要，千万不要对学生说：来吧，我们来谈谈对这个为自己的亲人奋斗了十年的妇女有什么看法……如果这样来结束自己的谈话，就会把已经取得的一切效果破坏掉。”真正的德育渗透是一种潜移默化的“润物细无声”的滋养，是一种审美意义上的心灵境界的熏陶，是一种攫取人心的终极关怀。

那么，如何走进鲁迅呢？我想，最紧要的是将鲁迅“降格”，将其降至与学生平等之地位，使之具有足够的“亲和力”，便于我们与之面对面地对话、交流。看到鲁迅既有文学巨匠、民主战士的坚毅风骨，也有普通人的温暖、柔和的人性美，这样就使鲁迅变得可亲可爱，适合中学生的心理特点和情感倾向，有利于学生审美领悟力和感受力的培养。

将鲁迅的思想人格内涵与中学生哪些人格培养目标嫁接更为契合呢？首先，应以鲁迅的“横眉冷对千夫指”之韧性斗争的个性独立精神，培养学生对自己充满自信，具有创造品格，勇于发表个人独特见解，敢于质疑，不轻信、不盲从的个性意识；其次，应以鲁迅“俯首甘为孺子牛”之爱的赤诚和肝胆照人的无私情怀，培养学生善于表达自己的真情实感，不矫情、不虚伪的坦诚心怀；再次，应以鲁迅的批判自省精神，培养学生敢于批评和自我批评，并以此为切入点审视当今生活，关注民族命运，积极投身民族振兴的责任意识等等。理解鲁迅的过程，又是一个克服浮躁心理，正确把握自己命运的过程。总而言之，挖掘鲁迅名篇的德育因素引导学生善于从中汲取养分，逐步形成正确的人生观、世界观、价值观，激发生命活力，勇于挑战生活，做一个顶天立地的大写的人，这与鲁迅先生的“立人”思想也是更相契合的。

第四节 鲁迅文学名篇教学意蕴构成的内容美和形式美

用马克思的“在更高得多的程度上用最朴素的形式把最现代的思想表现出来”这句话来概括鲁迅先生作品意蕴构成的内容美和形式美，应该是最恰当不过的了。审视古今中外一切优秀作品，都在相对意义上实现了深刻、丰富的内容与完美、和谐的形式在审美价值上的内在统一。鲁迅作品所以具有经久不衰的艺术魅力，不仅在于其内容能超时空地吸引读者，给予人们启示和教益，还在于与之相适应的艺术形式，使有益的内容得到充分的艺术强化，使人得到了艺术的熏陶和审美的享受。鲁迅作品的内容取材广泛，思想内涵忧愤深广、博大精深，具有极大的感染力量。在此，我仅以鲁迅作品的一些“有意味的形式”对作品内容的促进及两者水乳交融的艺术魅力为视角，谈谈鲁迅作品意蕴构成的内容美与形式美的和谐统一。

一、鲁迅杂文深邃内容与艺术形式的内在统一

鲁迅不但把杂文这种文学样式发展成为一种独特而成熟的现代新文体，而且无论在思想水平，还是艺术功力等诸多方面，都达到了同时代人无法超越的高度。重读鲁迅杂文，不但为其巨大的精神震撼力所折服，更会为其炉火纯青的艺术功力而叹为观止。

首先，鲁迅杂文具有巨大的艺术概括性。

鲁迅在谈及自己杂文的写法时曾说：“论时事不留面子，砭锢弊常取类型”，他的杂文常常不专指谁，而是指一类人或一群人。“攻其一点，

不及其余”，只抓住普遍意义的某一点，而有意排除为这一点所不能包容的其他个别性和特殊性，从中提炼出一种社会类型。例如，鲁迅一向对国人身上的“奴性”深恶痛疾，在《灯下漫笔》中由钞票换银元的切身感受沉痛地概括出“中国人极易变成奴隶，而且变了之后还万分喜欢”“实际上中国人向来就没有争到过‘人’的价格”的深刻道理。这种艺术上的高超概括，实际上来源于鲁迅对历史和现实的清醒而深邃的思考，其外在形式与作者的内在思想意蕴有机结合，既是形式的成功，又是内容的胜利。

其次，鲁迅杂文具有完美的形象性。

鲁迅杂文在概括评论的广度和深度上是前无古人的，在形象化手法的运用上也达到了驾轻就熟、出神入化的程度，杂文中所呈现出的形象性的画面已达到了相当完美的艺术境界。作者善于用生动具体的形象展开议论，把尖锐锋利的议论自然巧妙地融入形象化的描述之中，让读者从具体可感的画面中悟出深刻的理性，感悟到真正的人生，领悟到美的韵味。如《拿来主义》运用形象化的比喻，将“大宅子”比作文化遗产，以“孱头”“昏蛋”“废物”为例从反面说明怎样拿来；以“烟灯”“烟枪”“鱼翅”做比喻阐明对待不同文化遗产的态度，使读者在愉悦中明晓事理，有如酣饮甘饴的畅快。

鲁迅杂文形象化的议论形式是多种多样的。借用史实、故事、传说或日常生活中的琐事，信手拈来皆成文章。如在《为了忘却的纪念》中用高僧坐化的传说，表明“留得青山在，不怕没柴烧”的对敌斗争策略；在《灯下漫笔》中从日常生活琐事入手，用小视角反映大社会，大境界。

第三，鲁迅的杂文体现着强烈的思辨性。

鲁迅的杂文思维是非规范化的，他常常在常规思维路线之外，另辟蹊径，别出心裁，打开了全新的思路。一方面对日常生活中那些司空见惯、违背常理但人们却熟视无睹的琐事，鲁迅能够透过现象看到本质，揭示其现实意义。另一方面，对现实或历史上有争议的现象，他都能以实事求是的态度加以分析、评论。如在《为了忘却的纪念》中，对方孝儒的介绍和评价就带有鲜明的辩证色彩；在《纪念刘和珍君》中对烈士英勇斗争、敢于赴死地的肯定与对徒手请愿的否定，在《拿来主义》中对送去与拿来的比较分析，无不体现了高度自然的思辨色彩。鲁迅杂文的思辨性构成了对传统思维的积极改造，从而显示出一种试验性与先锋性。也正因为如此，其杂文会在读者本能的抵触到逐渐熟悉、叹服的过程中为人们所接受。《灯下漫笔》兑换银元的小事与“我们极其容易变成奴隶，变了之后还万分欢喜”的道理，学生在接受时着实要进行深入的思考，思考之后的确是叹服不已。

与思想的天马行空相适应，鲁迅杂文的语言也是自由无束且极富创造力的。从《纪念刘和珍君》中可随便拈来一些句子：“四十多个青年的血洋溢在我的周围，使我艰于呼吸视听，那里还有什么言语？”“惨象，已使我目不忍睹；流言，尤使我耳不忍闻。我还有什么话可说呢？我懂得衰亡民族之所以默无声息的缘由了。沉默啊，沉默啊！不在沉默中爆发，就在沉默中灭亡。”鲁迅是那样自如地驱遣着汉语的各种句式：或口语与文言相杂，或长句与短句，或陈述句与反问句的相互交错，混合着散文的朴实与骈体的华美与气势，真可谓“声情并茂”，把汉语的表意与抒情功能发挥到了极致。另一方面，鲁迅杂文语言又是反规范的，常常制造一种不和谐的“拗体”，以打破语言对思想的束缚，取得荒诞、奇崛的美学效果。比如他常常将一些含义相反或不相容的词组合在一起，于不合逻辑中显示深刻：“浓黑的悲凉”这是移就笔法，“同学同泳”这是随意组合，“满脸贱朱”这是亦庄亦谐，“怎样的哀痛者和幸福者”这是制造矛盾等等，鲁迅作品的语言“嬉笑怒骂皆成文章”，人们透过语言表层看到的是鲁迅对现存秩序的大不敬与随意戏弄，明知戴着镣铐跳舞，仍就渴望用自由的语言自由地表达自己的挣扎。

此外，鲁迅杂文的讽刺意义浓重也是为人广为称颂的。但是，鲁迅的讽刺绝不是一般意义上的冷朝热讽，吐一时之快，而是充满了一腔正气和喷发着一股不可遏制的热情，表面是一块冰，实则一团火。对敌人决不留情，对人民深怀热情，对朋友的缺点或错误批评中有规劝和惋惜，总之，无论怎样，他的杂文都能以悲剧性的沉重或戏剧性的幽默，使读者在沉痛震惊或哑然失笑之后，明辨善恶，引以为鉴，反躬自身。

在一定意义上，鲁迅的杂文不仅是现代的中国社会、政治、历史、法律、宗教、哲学、道德、文学、艺术，乃至经济、军事的“百科全书”，而且以其对中国现代国民的文化心理、行为准则、价值取向以及民性、民情、民俗、民魂的真实、生动而深刻的描绘，成为一部活的现代中国的“人心史”。总之，鲁迅的杂文体现了始终没有走出奴隶时代的思想家的叛逆性与异质性，它绝不是单纯的艺术形式问题，而是如克莱夫·贝尔所说的是“有意味的形式”，是一种包含特定内容的形式，这种与作品内容相适应的完美形式，可以增强作品的艺术力量，充分彰显内容的价值。这一点鲁迅做到了。

二、鲁迅小说的审美特质及其艺术体现

《呐喊》《彷徨》两部作品以“铁屋子”为象征意象，展示了一幅幅令人震惊的人生画卷，这个意象代表了现代中国及现代中国的“昏睡者”的沉沦，当然也有少数的觉醒者作为破毁铁屋子的希望。据此，鲁迅给我们塑造了鲁镇、咸亨酒店、未庄等典型环境，阿Q、小D、祥林嫂、柳妈、华老栓等一系列昏睡者形象，夏瑜、狂人及《祝福》中的“我”这样的觉醒者形象，由这一系列形象可以把《呐喊》《彷徨》中的作品看成是一个具有内在逻辑联系的系列小说，共同表现了鲁迅对20世纪现代中国现实的宏观感悟。这种艺术功力非大手笔绝不会如此，是艺术砺练，也是至高的精神境界。认识了这一点，在教学中既可以进行《呐喊》《彷徨》专题阅读研究，又可以以点带面进行系列形象鉴赏比较，大大开阔了教学的多种途径，有利于学生阅读鉴赏水平的全面提升。

其次，两部小说中的觉醒者形象带有浓重的自叙传奇色彩。鲁迅说：“我的确时时解剖别人，然而更多的是无情地解剖我自己。”认识自己本质上是在认识自己所处的社会的生活方式和思维方式，从这个意义出发来理解觉醒形象系列的自叙传色彩：一是“事实的自叙传”，即撷取作者自己生活中已经成为事实的生活经历作为材料的自叙传。如《祝福》中的“我”就是鲁迅自己生活、思想、情绪和性格的某一侧面的表现；一是“可能的自叙传”，即在虚构中完成某种作者自己未能在生活中实现的自我的可能性，想象并且选择这些特点发展某一种可能，在小说的虚构描述中实现这种可能，以表达作家对人生的某一种感悟。如《狂人日记》的狂人的性格、精神、气质、思想就是鲁迅自己的。探索和认识作品中的形象是用什么材料创造的，能够帮助我们认识和理解艺术形象的底蕴，对作品人物进行深层挖掘，也能更好地走进鲁迅，对高中语文鲁迅名篇教学极其有益。当然，我们绝对不能用鲁迅本人的思想来替代对作品创造的艺术形象的解读。

与第一人称叙述视角相一致的是鲁迅小说突破了传统小说重故事情节的曲折、完整，而改为重视写人物的心理，尤其是国民精神上的病苦。更深入的“心理化”表现是在《〈呐喊〉自序》的“我在年轻的时候也做过许多梦”中的“梦”的隐意构成了鲁迅小说内在的心理内容。根据《〈呐喊〉自序》的自述，“如置身毫无边际的荒原”中的“荒原”是作为潜在痛苦记忆和心灵深处的永远不能忘却的“噩梦”，先驱者的“荒原”感，以及冲破“荒原”的希望，这两者之间的撞击、交汇，构成了鲁迅全部小说的“内在潜流”。这种“荒原”感和“荒原”意象的创造，在许多作家身上都普遍存在，而鲁迅自己的小说又有其独特的把握和表现方式。具体演化为以下两个叙述模式。

其一，“看与被看”二项对立模式。“科学救国”的梦几乎是中国现代知识分子历史道路的起点。在异国受到落后民族的屈辱，特别是“幻灯”事件，再一次将鲁迅推入“绝望”的深渊，麻木地鉴赏他人痛苦的场面给鲁迅的心灵造成如此巨大的不可弥合的伤害，使他无以摆脱，以至于“示众”成为以后鲁迅小说创作的基本叙述模式。在中国这个一切都“戏剧化”“游戏化”的国度里，“人”不是充当“看客”，就是“被人看”。“看与被看”的二元对立的图景在《药》《阿Q正传》《祝福》中一再出现。就“被看”而言，李欧梵在《来自铁屋子的声音》里曾经将鲁迅小说中的“被看”的牺牲者分为“独异的个人”（先驱者）与“庸众中一员”两类，前者如夏瑜，后者如阿Q、祥林嫂，这两类“被看”既有不同的意义，而且又互相渗透、补充，构成了一种特有的精神文化现象。鲁迅在《祝福》里对祥林嫂这类“被看”的牺牲者的人生价值做了如下描述：“这百无聊赖的祥林嫂，被人们弃在芥尘堆中的，看得厌倦了的陈旧的玩物”“她未必知道她的悲哀经大家咀嚼赏鉴了许多天，早已成为渣滓，只值得烦厌和唾弃”，极其深刻地揭示了“看客”现象的本质：其症结并不主要在于人们缺乏现代觉醒所特有的愚昧、麻木及感觉思维的迟钝，而恰恰在于对不幸的兴趣和对痛苦的敏感，别人的不幸和痛苦成为他们用以慰藉乃至娱乐自己的东西。正如鲁迅所言的中国群众“永远是戏剧的看客。牺牲上场，如果显得慷慨，他们就看到了悲壮剧，如果是显得觳觫，他们就看到了滑稽剧”，“看客”现象的实质正是把实际生活过程艺术化，把理应引起正常伦理情感的自然反应扭曲为一种审美反应，祥林嫂和阿Q的痛苦被人漠视乃至赏玩的文化现象，十足地反映了这种人生态度的残酷性。“看”与“被看”双方都同属于被压迫而不觉悟的庸众，“看”者实际是通过“鉴赏”“被看”者的痛苦来使自身的痛苦得到排遣、转移，以致最后遗忘，这正是鲁迅所最痛心的、最不能容忍的。于是，在“看”与“被看”的背后，常常还有一位隐含的作者在“看”：用悲悯的眼光，愤激地嘲讽着“看客”的麻木与残酷，从而造成一种反讽的距离。

另一类发生在“独异个人”与“庸众”之间即先驱者与群众，启蒙者与启蒙对象之间的关系。从被看的先驱者立场上看，由于渗透了鲁迅自身的较多的体验，作者的立场、视点与小说中的先驱者的立场、视点有某种重合，因而有浓重的自叙色彩。值得我们注意的是与先驱者相对立的看者，始终作为一个群体出现，《药》开头刑场上游动的“几个人”“花白胡子”这样的某种借代的人，《祝福》中的柳妈等人汇合到一起，构成了鲁迅笔下“无主名无意识的杀人团”。时时、处处被这种阴沉的、自恃强大而默不作声的、无所不至却又无法找到的敌对的目光所“看”，确实令人恐怖——鲁迅把它叫作“无物之阵”，也有点类似于卡夫卡的“城堡”：都属于20世纪中外思想家、文学家对“人”的存在方式与环境的可贵发现。更为可悲的是在《祝福》中，同为知识者的“我”，或者说也算有启蒙思想的“我”要对祥林嫂的死承担与“看客”同样的责任，“知识者”向“庸众”转化已经成为一种可怕的社会现实。因而鲁迅小说的悲剧色彩从审美主体的心理效应上审视，其忧情之深应该是极其浓烈的。

其二，鲁迅小说的另一模式是“离去—归来—离去”。例如《祝福》的叙述者在叙述祥林嫂的故事时也在讲述自己的故事，两者相互渗透、影响，构成了一个“复调”。如《祝福》中的“我”一样的知识分子在年青的时候都有过许多“梦”，他们“走异路，逃异地，去寻求别样的人们”，当他们投身于都市文化的封建的、殖民的、现代的三重文化的夹击中，仍然不会找到理想的精神乐园。在日趋激化并无以摆脱的精神痛苦中，他们自然萌发出“归根”情结，而“回归故乡不再离去”还是“重新肯定对故乡的价值否定，再度离去”的矛盾交织，会因故乡的故事为基点而做出抉择。如祥林嫂的死使我意识到，从旧的营垒中走出的知识分子对故乡所发生的悲剧负有不可推卸的历史责任，这个认识导致了“我”再度离开故乡。这种模式体现了一代知识分子深沉的无家可归的悬浮感和无可附着的漂泊感，背后回荡着久久不息的发自灵魂深处的追问：“我是谁？从哪里来？到哪里去？”《阿Q正传》的“恋爱悲剧”在本质上不正是一种欲求归宿而不得、无家可归的悲剧？这种无家可归的绝望和苍凉也构成了鲁迅小说的荒原感。

在鲁迅的小说中，不论情节、情感、心理的推演都有一个顶点，通常是绝望的顶点。但是，往往在顶点的绝望之后，又反激发出一种死后之生的反抗和希望，例如《药》的结尾中花环的放置，就是鲁迅“反抗绝望”和“绝望的抗战”的人生哲学。这是一种生命的悲剧性体验，也是鲁迅小说“有意味的形式”中蕴涵的形而上的人生思考，体现了形式本身的特殊价值和生命力。

总之，以《呐喊》《彷徨》为代表的鲁迅小说展现着 20 世纪中国悲剧人生的现实存在，蕴藏着鲁迅对 20 世纪中国人的灵魂和中国人的处境命运的世纪性的感悟，是一个天才作家奉献给他挚爱的人民的 20 世纪现代中国悲剧现实的感悟录。

鲁迅的杂文和小说所表现出来的文学的、美学的特质，既是大艺术家的不凡技巧，又是大思想家不朽的生命体验、人生关怀，因而鲁迅名篇意蕴的内容美与形式美是浑然一体、相得益彰的。

第五节 鲁迅文学名篇教学的难点所在

在二十世纪中国文学史上，鲁迅是最不易理解而又最接近我们的文学巨匠。由于诸多因素，鲁迅作品不好教。就学生而言，鲁迅是巨匠，是伟人，是大家，因而总是敬而远之；就教师而言，有的教师本人就不能从历史的高度，从理性的制高点上认识鲁迅，仍旧在保守陈旧的教学参考资料中寻找解读鲁迅的根据，甚至还有一些教师受新时期以来对鲁迅作品的争论中出现的种种非议、种种否定鲁迅精神的负面影响，产生鄙薄鲁迅、轻视鲁迅作品教学的倾向。所有这一切都给鲁迅名篇教学带来了或大或小的阻隘，使原本步履维艰的鲁迅名篇教学雪上加霜。

就鲁迅名篇本身来说，在中学生中确实存在一种“隔”的感觉。主要是时代的隔膜，例如鲁迅小说所描述的生活情境、生活内容和深刻的思想内涵对于中学生来说不太容易理解，加之先生那种冷峻的表达方式，特异的语言风格，与当下日常交际话语确实有一定的距离。鲁迅作品文白夹杂的情况很多，而且在语言表达上还存在多用连词、副词等虚词连用现象，如《祝福》开篇就说“旧历的年底毕竟最像年底，村镇上不必说，就在天空中也显出新年的气象来”一句就连用了“毕竟”“不必说”“就”“也”等虚词，使句子本身成为形式上的复杂句子，且这些虚词都与作者的内容所指密切相关，需要我们仔细揣摩，深入体会。如果说无论鲁迅杂文还是小说的时代隔膜，我们都可以运用“知人论世”的方式来解读进而消除隔膜的话，那么，相对而言，鲁迅名篇的思想深邃性与语言的特异性（语言的奇崛和反规范）带来的学习困难恐怕是最大的学习障碍，也应该作为高中语文鲁迅名篇教学所亟待解决的问题之一。

第三章

鲁迅文学名篇教学常见的几个误区

第一节 以“文句串讲”代替名著文本的多元解读

苏联凯洛夫的教学理论一度为我国教育界广泛运用，在语文教学中最明显的体现就是把语文课文弄成字、词、句、篇的烦琐拆解过程，结果是人文精神的丰富和复杂、微妙和多彩被扼杀了，七宝楼台拆开来不成片断，把砖头当作建筑物，荒诞无比。在具体教学中往往是以“文句串讲”来代替名著文本的多元解读。

“文句串讲”在传统语文的文言文教学中较为常见，其依据是，文言文的语言特点与现代汉语之间有一定距离，学生对文意的理解必须在排除和消解语言障碍的基础上方可进行，故而教师往往先一句一句地将古汉语翻译成现代汉语之后，再去分析文意，把握全文。这种教学方式对于文言文教学有一定的合理性。鲁迅作品教学采用此种方式最冠冕的依据是，认为鲁迅作品的语言文白相杂以及相对比较拗口的语句与现代汉语的运用规范有一定差别，需要用“文句串讲”解析鲁迅名篇，结果博大精深的鲁迅思想被肢解得支离破碎，不成体系，失去了对作品宏观解读、审视、鉴赏的必要过程。这种教学方式就语言教育来说毫无语感熏陶可言，只是字词符号的机械分解，更为可悲的是这种教学方式对鲁迅教学名篇的人文内蕴、审美因素、人格教化和意蕴之美视而不见。这种烦冗、机械的串讲不能不说是学生讨厌鲁迅作品的罪魁祸首之一。

现代文本的解读理论告诉我们，我们在经典作品的解读中，既要考虑作家因素、作品本身内涵、读者再创造等因素，又要综合运用作者理论、文本理论、读者理论解读文本形式，从学生需要出发，以全面提高学生语文素养为核心，适时扬长避短地多角度、多层面地解读作品。当然，对文学作品的解读方式可以只突显一种，但单一的解读一定是立不住脚的。审视“文句串讲”的教学方式，实在是极大地偏离了语文人文教育的本质，更有甚者，某些语文教学参考训练题目把鲁迅作品中的诸多所谓“有语病的句子”抽出，编成“病句修改”训练题，试图以此提高学生作答标准化试题的能力。这种由鲁迅经典解读演绎出的荒唐闹剧，足使人所共愤。我们并不否认鲁迅作品客观存在的语言隔膜，只是否定将“文句串讲”作为鲁迅名篇教学的唯一方式。至于鲁迅作品语言给学生带来的障碍问题，我想，只要我们引导学生多读鲁迅原著，多亲近作品，就会熟悉并掌握作品的语言习惯，进一步理解作品的语言思维，那么，阅读障碍的问题，恐怕就成为不是问题的问题了。

第二节 以“排除与消解意义障碍”为重点代替对名著意象的感悟

与鲁迅深邃博大的思想并行存在的是鲁迅作品中一些意义内涵丰厚的语句，这些语句构成了学生阅读的主要意义障碍。据此，在鲁迅名篇教学中就出现了以“排除与消解意义障碍”为重点代替对名著意象的感悟的解读模式。

上海师范大学中文系张家平教授指出：“语文应该是有灵气的，一篇名家名作从整体上把握它，就会有美感。”在鲁迅名篇教学中，有些教师总是喜欢抽出作品中的一段较难理解的话语，甚至几个词，翻来覆去地分析其所谓的深刻含义，学生对此深恶痛绝。试想学生对作品的整体感悟不深不透，单独理解一句话，谈何容易？文学教育要启发学生阅读的创造性，培养学生丰富的情感力、深刻的感悟力，而且一部作品的内涵是多层次的、多义的、模糊的，甚至是无法言传的，而我们的教师却非要锱铢必较，把所有的语句都讲深讲透，这样恰恰违背了文学作品解读的规律。学生只有在整体理解作品，感悟作品意象的丰富内涵的基础上，才能真正参透作品的蕴意，获得必要的审美体验，使心灵得以美化。例如，鲁迅的小说《药》描写坟场的场面中写到“两面都已埋到层层叠叠，宛然阔人家里祝寿时候的馒头”一句，许多教师会问：“为什么作者要用‘馒头’的比喻？”然后从修辞角度，大肆分析此句的比喻效果，阐明此句蕴涵的讽刺意义。试问，这种枯燥的分析对学生感悟力、审美感的熏陶有何意义呢？如果我们从整个坟场的环境意象入手，先让学生整体感受环境氛围，使学生透过语言信息展开想象，进入到作者设置的坟场情景之中，受到情绪感染，得到情感熏陶，然后在浓郁的情感氛围和起伏的情绪体验中，感悟此句比喻的讽刺意义，就会在一种强烈的悲剧体验中获得心灵的美化。这样的效应是单纯枯燥分析所无法企及的，文学教育就应该通过作品丰富的意象的感悟，唤起学生的丰富想象力和情感激荡。

此外，陶渊明早就提到“好读书，不求甚解；每有会意，便欣然忘食”的“不求甚解”的读书态度，实际指的就是审美态度。鲁迅名篇是常读常新的，随着学生年龄的增长、阅历的丰富，重读鲁迅名篇定会有新的体会。从这个意义上讲，忽视对作品的整体把握和整体意象感悟，单纯地追求排除和消解意义障碍，既是人文教育的流失，也是伪科学的教学方法。

第三节 用“堆砌文本以外的知识材料”来代替对文本本身的解读

传统的以“作者为中心”的解读理论是一种回顾式的解读，它以历史的情状以及作者的思想与人格为依据，去追踪作者创作的原初意义，以此作为文本的终极评价和衡量解读是否正确的标准。表现在语文读解教学中就是人们往往重视作家本人的研究，以此为依托来阐释作品涵义。在传统教学以及鲁迅名篇教学中，往往总是少不了教师在课前进行作者简介和写作背景的介绍，有时这种资料性质的介绍就会占去大半个课堂，学生听的昏昏欲睡，不知这是语文课还是历史课，尤其是与文本脱节的背景解读，与不解读的效果是同等的，可说是零效应。

鲁迅针砭时弊的杂文，直指社会矛盾，总是把“所遇到的，所想到的，所要说的，一任他怎样浅薄，怎样偏激，有时便都用笔写下来”“对于有害的事物，立刻给予反响或抗争”，这些都有特定背景为依托。即使是小说反映的时代风貌和历史背景，也需要教师通过相关资料的介绍引导学生进入作品情景之中，并利用历史的眼光来分析理解问题。因此，鲁迅作品教学中要适时给学生提供相关的知识资料。但是，如果我们一味地用知识材料的积累来替代对文本本身的解读，也是极其不可取的，而这种情况在我们的教学中又是那么普遍地存在着。如，学习小说《药》，许多教师在归纳分析主题时，完全脱离文本本身内容，大讲特讲辛亥革命的过程、结果、影响，尤其强调辛亥革命严重脱离群众的历史教训，人民群众不觉醒，没有被发动起来进行革命的诸多道理，学生完全可以不阅读小说就能很容易理解作品的主题，哪里还有什么小说人物形象的艺术魅力，环境描写的艺术效应，情节发展的艺术波澜，更别提什么人文情怀、审美熏陶、人格精化等终极关怀的问题了，鲁迅先生力图改造国民灵魂，实现“人国”的忧患意识，在这种教学的桎梏下已荡然无存。

现代解读理论认为，作品文本是独立自足的客体，一首诗、一篇小说或散文，都是独立的审美客体。作品文本的意义由文本自身呈现出来，与作者的意图有关，但不是机械的线性的对应。因而读者对作品的解读必须从作品文本本身出发，以作者、背景资料为辅助，充分发挥读者对作品的基本解读和再创造，去积极建构作品的内蕴和深层含义，甚至可以对作品质疑。那种用“堆砌文本以外的各种知识材料”来替代文本本身的解读方式，舍本逐末，严重偏离了鲁迅名篇教学的现代意义，剥夺了学生做读者的权利，扼杀了学生的想象力和创造力，长此以往，学生怎能不厌烦鲁迅？

第四节 鲁迅文学名篇教学常见的几个陈腐的教学方法

在我们的鲁迅名篇教学中依然存在着许多陈腐的教学方式，这些方式大致有以下几种：

一、“作者、背景介绍——段落大意划分——主题归纳——艺术特点总结”的教学流程模式

这是语文教学中存在较普遍，也是鲁迅名篇教学中比较陈腐而又常用的教学方式。这种教学方式似乎与教参参考资料的编排思路很契合，教师只要在教学中把这些参考资料中的内容按部就班地塞入到以上各个环节去，就算完成了教学任务，至于学生是否独立思考，是否得到审美愉悦，是否体验了心灵的震撼等等则不做过多考虑。首先，这种流程中最为违背语文教育规律的是关于段落大意的划分，把文本按照段落大意方式划分理解，理清思路，明确故事情节线索，这本来是无可厚非的，但是在我们语文教学中不是为了引导学生理解文本的整体精神，而是机械地规定某种划分为唯一标准，把学生的主要注意力集中在文本部分与部分之间的分界上，使解读变成了无意义的分解游戏。例如《祝福》祥林嫂被迫改嫁后丈夫死去，孩子为狼所食又回到鲁镇后“大家还叫她祥林嫂”，这一句就是一个自然段，应该归属哪一大段其实并不重要，重要的是为什么鲁迅把它列为一段，如果纠缠于它的归属问题，显然是避重就轻的做法。

其次，此种教学流程在作品艺术特点的归纳上，一般只能抽象的概括，

缺乏内容与形式的完美和谐性的解读，例如鲁迅名篇《拿来主义》的教学，许多教师往往侧重抽象归纳“先破后立”，即先批送去主义，再谈拿来主义的写作特点，却不去进一步引导学生理解为什么鲁迅采用这种思路的创作意图与表达效果，使学生停留在表面的低级的思维层面。

再次，就鲁迅小说教学而言，这种教学方式最大的忌讳是无视小说有血有肉的充满个性特征的艺术形象，进入了机械、教条式的解读怪圈之中。

最后，语文课文的教学方式可以找到不同的切入点，无论怎样切入，只要尊重语文本身的学科性质，不破坏作品的整体性，就无可非议。我们应该引导学生学会使用多种方式解读作品，如果教师教学方式走入定式框架模式势必把学生带入思想僵化的死胡同，也使教师本人的教学个性和创造力受到严重压抑，又怎能开启学生心智，创造课堂教学美妙而和谐的艺术效果呢？

语文学科是人文性和工具性的统一，是以人的心灵熏陶为目标去体验、去感受母语的丰富和精妙，脱离人心去空谈甚至是以肢解全文替代对作品的感悟，必然脱离民族文化的历史积淀，脱离作家个性，离人文精神越来越远。

二、“问答式分析”与“习题式训练”交替进行的教学模式

在“以人为本”的教育理念的光环下，语文教学逐渐由过去的“满堂灌”劣变成如今较为普遍的“满堂问”，似乎一问到底就是解放了学生，就是以学生为主体，就能激发学生的创造力。殊不知这种“满堂问”实际上又倒退到了五六十年代吕淑湘先生所批判的“发胖式”教学方法中去了。根据课文的思想内容提出一连串问题，一问一答追求表面热闹，深究微言大义。其实，这种方式的实施未必会达到什么目的，学生也未必能得到他在语文学习中应得的东西。课上“满堂问”，课下编排出各种离奇晦涩的

所谓同步习题大肆训练，致使内涵丰富的语文教学，情文并茂的优秀作品，黯然失色，索然无味。这种问答与训练相结合的方式，在鲁迅杂文教学中更是屡见不鲜。如《灯下漫笔》教学，按照一问一答和设计训练题目的方式，可以提出和设计出数十个问题和题目，甚至文章写于1925年，而为什么回头写1912的事，都可以成为讨论的问题和训练的题目，如此处理意义何在？恐怕就不好说了，也很难确说，因为，博大深邃的鲁迅式语言实在是可以字字必较的。但是我们也不应忽视鲁迅说过的："假如有一位精细的读者，请了我去，交给我一枝铅笔和画纸，说道，您老的文章里讲过这山是崚嶒的，那山是巉岩的，那究竟是怎么一副样子呀？……因为我实在是连自己也不知道'崚嶒'和'巉岩'究竟是什么样子，这形容词，是从旧书上钞来的，一经切实的考查，就槽了。"渊博精深的鲁迅先生也不无谦逊地说自己是模糊的。而我们却要学生深究微言大义，专搞烦琐的一套，是在培养食古不化的学究，不是造就创新人才。故而，这种教学模式违背语文教育本质，与语文学科的性质背道而驰。

三、无视启发教学和研究学习，大搞"专制定位"式的教学方法

对鲁迅名篇教学，许多教师一是缺乏深入的理解，较少借鉴鲁迅研究新成果；一是受传统教学"教师中心"的影响，对教学中的难点问题少做或不做深入启发引导，遇到难点越俎代庖，把现成教参中的许多陈旧说法照旧搬进课堂，照本宣科地硬塞给学生，无视启发教学对学生思维的训练和提升，更不必说以探讨、对话的方式与学生共同探究，只做简单的硬性定位，还沉迷于封建家长式的教学模式中，致使鲁迅名篇教学缺乏生机和活力，课堂教学死气沉沉，学生昏昏欲睡，这种状况或多或少也阻碍了鲁迅学术研究的进程，因为，我们的陈腐的教学方式的存在，在一定程度上骤减了热爱鲁迅的研究者的数量。

巴金先生说："我们有一个丰富的文学宝库，那就是多少代作家留下来的杰作。它们教育我们，鼓励我们，要我们变得更好、更纯洁、更善良、对别人更有用。文学的目的就是要人变得更好"。学语文就是学做人，语言文字不是单纯的符号体系，而是一个民族认识世界、阐释世界的意义体系和价值体系，它与深厚的民族文化联系在一起。学语文讲究语感，讲究灵气，缺乏启发和探究的引导过程用解剖刀对作品肢解，在学生脑海中仅留下零散的符号，实质就是对培养学生敏捷的思维、扩大学生开阔的视野、激励学生大胆想象、富有创见的漠不关心。

第四章

鲁迅文学名篇教学路径的策略思考和方法探寻

第一节 回归人本 多元解读

从当今的社会实际来看，教育主体性的提出要求发挥每个人的主动性与创造性，要求人们具有独立意识、责任意识和合作精神。而教育主体性的内涵无非包括两个层面：一是尊重学生个体的主动性，让学生主动地自由地发展；一是尊重教育者的主体性，打破束缚教育者手脚的一切僵化模式，使他们能够创造性地用多样化的教育模式造就富于个性的一代新人。由此观之，走教育双主体共进之路，应该是最“人本”的体现。

从以上意义出发，笔者在高中语文的教学实践中，力图走出一条“一切为了学生的发展，与学生共同成长”的道路。文学作品文本本身的人文价值，文学内涵的丰富性、多义性和模糊性对学生主体精神的培养，对教师创造性的设计教学提供了最有效和最直接的“源头活水”。所以阅读文学作品的过程是发现和建构作品意义的过程。作品的文学价值应由读者设身处地地去感受体验，鼓励学生有创意地建构文本意义，提倡多元解读的阅读原则和阅读教学，才会真正实现学生主体性的回归。同时，教师也会不拘泥于教参或成规说法，用心地富有个性地去丰富作品价值。因此，我认为，对文学作品的多元解读充分张扬教师学生的主体性，使双主体得到和谐的共同提升。具体研究思路如下：

一、语文教学中主体交往的理论思考和认识

1. 对“主导—主体”模式的反思

近十年来，以“教师为主导，学生为主体”的口号曾被一度“弘扬”，这种“主导—主体”的模式在很大程度上是教师设计好课堂结构，想方设

法引导学生进入教师设定的问题之中，并按教师的提示、引导进入教师的所谓“答案”之中，学生就像教师棋盘上的棋子，毫无任何思想自由，更何谓创造？主体性实际上已经被架空。

2. 对“主体—主体”双主体模式的补充

“主导—主体”模式的弊端已经为广大语文教师所认识。人们开始更人道地关注教师和学生在教学中的交往，提出“主体—主体”双主体复合模式，这是一个很大的进步。但是在实际操作中，我们又不得不思考师生之间其实是互为主客体的关系。因为双主体在交往过程中，通过自我意识将自己作为主体。同时又将自身作为改造的客体，师生之间有一个不可回避的相互影响和对自我心智结构的改造作用。同时，教学教师和学生的交往又必定有一个共同的话题，作为交往中介的客体存在，这个媒介势必成为使师生原有的心智结构在师生互动中不断建构、不断改建和发展。因此，对双主体复合模式的理解一定不能忽视期间客体的介入和作用。

总之，师生双方在教学交往活动过程中，在改变自身的同时，也改变了对方。教师使学生增长才智，学会学习；学生促进教师成为日臻完善的人。两者相互影响，相互激励，形成互动和谐的合作交往关系。

二、多元解读理论研究探析

1. 对三种解读理论的实践思考

（1）以作者为中心的解读理论对文学作品解读的意义

这是一种回顾式的解读，它以历史的情状以及作者的思想与人格为依据，去追踪作者创作的原初意义，以此作为文本的终极，并作为衡量解读是否正确的标准。表现在语文读解教学中就是人们往往重视作家本人的研究，以此为依托来阐释作品涵义。例如，对《琵琶行》的解读如果不了解白居易少年得志，中年失意的人生经历，就很难理解作者与琵琶女之间的知音共鸣。从这个意义上说，引导学生回顾历史，尊重历史事实，是十分必要的。所以作者理论有其自身的价值和合理性。但是，我们也不能对作者理论的狭隘视而不见。因为一旦读者介入解读，作者的意愿就不一定原原本本地恢复，体现在语文课解读中就是学生的解读会千差万别，对此作者理论应接不暇。

（2）以文本为中心的解读理论对文学作品解读的意义

这一理论认为，作品文本是独立自主的客体，一首诗、一篇小说或散文，都是独立的审美客体。它的意义由文本自身呈现出来，与作者的意图无关，也与读者的理解无关。体现在语文课文读解中就是对作品的解读重视其文本内部的字斟句酌和精细分解，这当然是基于对语文文字本身的尊重，但我们要注意过犹不及，避免将一篇课文分析得锱铢必入，使作品支离破碎，失去整体艺术魅力的展现。

（3）以读者为中心的读者理论对文学作品解读的意义

“任何一个神经正常的人都不会忘记读者。读者是作品和诗歌或小说得以发挥作用的关键。”走出作品封闭的世界，把读者纳入解读理论系统，这是读解理论发生的第三次变革。这一理论认为读者不仅是作者创作的最终完成者，而且由于一代代读者的参与，作品内涵才不断地揭示出来。强调读者参与的价值和作用，具有强烈的“人本”意识。例如，对《红楼梦》的读者解读，道学家会从中看到封建礼法规范出的太平以及封建宗法制没落的悲哀；革命家会对封建社会走向终结而振奋不已；才子佳人会读出爱情的凄美；当代的中学生更会因人而异读出各不相同的认识，可谓见仁见智。但是，任何一种读解都不是完美无缺的，这种读者的再创造如果肆意泛滥，不就成了丧失了任何尺度的“个人自由主义”了吗？

2. 文学作品多元解读模式的确定

美国哈佛大学有一句名言：“在自己的思路之外，还存在另一思路。”以上三种理论及其在语文读解中的意义告诉我们，任何一种纯粹的解读都或多或少地存在着无法回避的不合理性，这种不合理或对作家作品不公，或对教师不适，或对学生不视，但是最重要的是它不利于师生的共同进步，扼杀了师生间能够正常萌发的创造力，忽视了解读中“人”的主观能动作用。那么，另外的思路就是“折中”，将三种基本的解度方式进行整合，实施对文学作品的多元解读。

（1）多元解读模式阐释

笔者所定位的多元解读是指在作品解读时，综合运用作者理论、文本理论、读者理论读解形式，从学生需要出发，以全面提高学生语文素养为核心，适时扬长避短地多角度多层面地解读作品。例如，对辛弃疾的《永遇乐·京口北固亭怀古》的解读，如果没有作者理论的支撑，就不可能理解作者所表达的主旨，因此，知人论世是必不可少的；而词中典故的运用又不得不让我们回归文本本身，深究典故含义与作品内蕴的关联，并结合作者身世经历来理解典故作用。但是，仅止于此还不够，我们还要注意词中与典故和作者身世无关的如“千古江山”“舞榭歌台”“斜阳草树，寻常巷陌”等句中蕴涵的意义，这就需要师生进行富有个性的解读，充分发挥读者再创造的优势。总之，对文学作品的解读方式可以只突显一种，但是单一的解读一定立不住脚。

（2）多元解读对象定位

需要注意的是，多元解读相对来讲比较适合于语文教材中的文学作品篇目。首先，语文课文中的文学作品多是文质兼美、脍炙人口的名篇佳作，极富艺术魅力和审美价值，解读文学作品不仅会使学生道德、情感受到熏陶，更能强化学生人文素养，是提高语文素养的重要素材。第二，文学作品的多义性、模糊性的文本特色，以及文学就是“人学”的本质特性，更适合学生个性化地阅读，有助于探究性阅读和创造性阅读，发展学生的想象能力、思辨能力和批判能力。同时，也便于教师实施创造性的教学设计。例如，古典诗歌的朦胧性、小说主题的丰富性、戏剧潜台词的含蓄性等等，都是进行多元解读的最好课程资源。

三、多元解读与双主体和谐提升的实践研究

1. 多元解读教学使教师教学策略走向多元

首先，多元解读教学的前提必须是教师要转变教学观念，做学生学习的帮助者、引路人。这就要求语文教师不要拘泥于千篇一律的教法，应该根据不同的篇目、体裁、学生阅历，采用不同的教学策略。也就是教师首先要表现出富有个性的创造性的教学策略。在引导学生理解朱自清的散文名篇《荷塘月色》究竟抒发的是怎样的情感时，教师可将历来情感定位归结起来不外乎两类——苦情说和闲情说的做法交代给学生：苦情说认为《荷塘月色》反映了作者对当时白色恐怖下严酷现实的不满以及他的苦闷彷徨，希望在一个幽静的环境中寻求精神上的解脱而又无法解脱的矛盾心情；闲情说认为，朱自清在苦闷中找到了精神得以排遣的家园——“荷塘”，由此寄予了士大夫式的闲情逸致。在此基础上引导学生结合文本、作者经历、背景、文人情怀等因素，对这两类看法进行评价，从而认识到：我们只要深入探究作者“颇不宁静”而最终无法“宁静”的内在特定情感就能领悟出作者思想感情的真正魅力所在。这种解读突破了传统教学的局限，激活学生的思维。教师的教学策略多样化，也会在一定程度上激发学生的学习兴趣，加深学生对作品文本的深层次体验。

附：教师对《荷塘月色》文本情感的再解读

散文和诗歌都属于内向型的抒情文体，它们通过真诚抒写创作主体的体验和情感，来表现人类心灵世界，倾吐主观情感，从而画出自我的灵魂，达到沟通人性、陶冶人的感情的作用。朱自清的散文名篇《荷塘月色》究竟抒发的是怎样的情感，历来说法不一，归结起来不外乎两类——苦情说和闲情说。苦情说认为《荷塘月色》反映了朱自清对当时白色恐怖下严酷

现实的不满以及他的苦闷彷徨，希望在一个幽静的环境中寻求精神上的解脱而又无法解脱的矛盾心情；闲情说认为，朱自清在苦闷中找到了精神得以排遣的家园——“荷塘”，由此寄予了士大夫式的闲情逸致。这两类看法各持一端，又各有偏颇：闲情说，太“超然”；苦情说，太“简单”。其实，我们只要深入探究朱自清“颇不宁静”而最终无法“宁静”的内在特定情感就能领悟出朱自清思想感情的真正魅力所在。

散文不像诗那样以专挚的抒情构成完整的情感结构，而是以情感的流动为中心轴线，去纵横交错地粘结于一切使情感得以产生和表现的自然景物之中。因而，《荷塘月色》是幅融情于景的艺术画面，朱自清内在忧患意识与幽独情怀的特定情感建构起了《荷塘月色》这样博大的艺术世界。朱自清“颇不宁静”而最终无法“宁静”的根源就在于朱自清的思想感情始终处于忧患意识与幽独情怀的交结之中。

“知人论世”，任何作家都是一定社会中的人，朱自清也不例外，众所周知，《荷塘月色》写于大革命失败之后，当时中国处于白色恐怖笼罩之下，社会一片黑暗，一方面，就深谙中国文学与历史的朱自清的心理世界而言，能从历史的观照中了解传统文人儒道互补的人生轨迹，与此同时民族文化传统中的处世哲学在朱自清身上也必然得到积淀，加之他趋向沉静的性格合之以“妻子儿女一大家者指望我生活”的表现境况，朱自清的人生观带有浓厚的“中和主义”色彩，因此他说，“还是暂超然为好”；但是，朱自清毕竟不是普通的学者文人，清醒的现实主义精神和对国家民族的忧患情结使他不能真正“物我两忘”。从这个意义上讲，朱自清的“颇不宁静”是“穷年忧黎元，叹息肠内热”却苦于报国无门的“惶惶然”，是他“兼济苍生”的高尚理想难以抱负的愁苦。这种对国对民忧患意识是超常人之忧的高层次的精神追求。合而观之，朱自清“颇不宁静”的真正原因是对自我人生道路选择的茫然和对民族内外忧患的忧虑。忧患的灵魂当然无时不在苦痛忧劳中挣扎了，他又怎么能够“宁静”下来呢？

不“宁静”之余，“忽然想起日日走过的荷塘”忧患意识的情感体验即幽独情怀。“达则兼济天下，穷则独善其身”，这是中国文人历来的处世传统。当现实污浊混沌、冷酷无奈时，不能辱身降志，只好退世独立，洁身自守，将大自然作为精神操守的栖息之所。文人学者而非革命者选择退居自然是可以理解的，想融于大自然，压抑得到解脱，情感得以慰藉，价格精神得以净化，这是文人特有的排遣愁苦、抒写幽独情怀的方式。幽独的心灵在自我冲撞下创造出瑰丽的神话世界，理想的世外桃源、纯洁的月色荷塘来显示他们最后的不屈，同黑暗的社会现实抗衡。朱自清也不例外，将心灵置于荷香月色之中，成为一个“什么都可以想，什么都可以不想”的“自由的人”，一切杂事、矛盾、烦忧“都可以不理”，只需“受用这无边的荷香月色”从中获取一份自然的温馨，寻找一些心灵的慰藉。“一切景语皆情语”，朱自清只是以欣赏描写自然景致的形式排解幽独情绪罢了。

但是，好花不常开，好景不常在，那幻化于荷塘月色的浓浓情感——淡淡的温馨与静谧下的淡淡的喜悦与哀愁——只能成为片刻的寄寓与美好的一瞬。“但热闹是他们的，我什么也没有”又是朱自清矛盾心情的流露。抽刀断水水更流，忧患意识与幽独情怀交结错出，意欲逃脱“惶惶然”又无法逃脱，“不知不觉已到了家门”，朱自清的心情实难“宁静”。

由此看来，朱自清的月下独处绝非简单的避世放弃，固守自然局限个人天地，而正是“人不可得志，但不可无志”的深刻表现。对江南的惦念，采莲的追忆，也是朱自清热爱自由生活的健康思想表现，而荷香月色的自然之美，又一次使朱自清的灵魂得到净化提升。朱自清描山绘水的散文举世盛赞其美，这些美文绝无士大夫文人的闲情逸致，而是融景入情，给人深思启迪。从这个意义上讲，闲情说实难恭维。

综上所述，社会历史原因与民族传统心理积淀，加之朱自清崇高的价值，构造了作家独特的艺术心理特征。文如其人，《荷塘月色》中的“不宁静”

根源于爱国主义者朱自清对民族兴亡的忧患意识。忧患意识与具有真切情感体验的幽独情怀相互交结建构了《荷塘月色》丰富的思想内涵和浓郁的艺术氛围。在生命的沧桑和生活的煎熬中不断走向艺术的最高峰，创造出一系列不朽的传世名篇。这些恐怕都不是“苦情说”所能涵盖的吧！

总而言之，朱自清的“颇不宁静”给我们留下了太多的艺术空白，朱先生的社会责任感和人格魅力使《荷塘月色》的情感内蕴迷离丰厚，真可谓“说不尽”的《荷塘月色》。

2. 多元解读改变了学生的学习方式

就学生而言，最重要的是解读改变了学生的学习方式。学生由过去被动接受老师的结论转向在教师引导下自主探究，形成个性化的学习方式。他们不再迷信权威，不再偏信任何人的一家之言，他们已经学会运用脑髓，“放出眼光，自己来拿”。例如，在《鸿门宴》的教学中对项羽形象的再解读，教师带领学生联系社会、历史、自然现象充分挖掘其哲理内涵，感受人世百态沧桑，历史风云变化，无形中提升了学生的思想认识。

尤为重要的是多元解读对培养学生主动探究、团结合作、勇于创新精神具有积极的促进作用。因为学生在多元解读中，注重了合作学习，深入探究，并逐渐养成严谨、求实的学风。笔者在《祝福》第二课时教学设计中， 本着充分“以学生为本”的理念，以切实提升学生语文素养、渗透人文意识为宗旨，充分调动学生语文学习热情，开展了自主探究合作式教学活动。课前教师提出研究拓展解读的学习思路，布置多元解读的研究课题。学生分组承担课题。利用我校网络环境优势，教师组织学生课下集中一小时上网查资料。学生利用课余时间切磋讨论，加工整理资料，整合本组的解读观点。在此过程中，学生学会了合作、自主探究分析问题和解决问题，学习效果是教师讲解所不能企及的，学生写出了《鲁镇悲歌》《我的祥林，我的祝福》等优秀学后习作，很令人鼓舞。当然，教师在解读问题的设计上一定要下大功夫，否则多元解读就无从谈起。

3. 在对文学作品的多元解读中提升师生的人文素养

现代阐释学认为文本的意义不是现存的、既定之物，而是在解读过程中不断生成的。从这个意义上说，教师和学生在多元解读中，都在积极构建和不断完善自己的思维体系。学生在解读中，建构丰富的情感世界和人格世界，建构创新意识和创造能力，建构审美意识和审美能力。教师在多元解读教学策略的设计中突破教参定论，形成独特的个性认识和个人教学风格，这亦是一种创造性劳动。教师在多元解读中不断填充作品的艺术空白，对作品进行着再创造，提升着教师的鉴赏水平和认知结构。教师和学生在对文学作品的多元解读活动中获得了人文素养的滋养，实现了双主体的自由创造和和谐提升。

四、运用多元解读方式解读鲁迅名篇的内涵和人文精神的实践探寻

在呼唤“以人为本”的时代，从不同的角度、不同的层面去解读文学作品是一个不断接近作品本体，不断丰富其内涵，却永远没有终结的过程。以此过程来实现主体地位的回归，体验自由创造的无限快乐，收获就在于此吧。

解剖旧世界的意义在于建设一个全新意义的新世界。但是，面对鲁迅名篇教学的种种矛盾和困惑，当务之急是要解决怎样教学的问题。教育的真义在于价值引导与自主建构。为此我们在教学策略和方法选择上必须摈弃教师灌输的做法，关注学生主体，正视价值冲突，重视学生的自主活动，引导学生进入精神充实、富于理智挑战的境界。本人以此作为鲁迅名篇教学路径的策略思考和方法探寻的基本准则，在高中语文鲁迅名篇教学实践中积累了一些认识和做法。

鲁迅先生曾说过：“一本《红楼梦》，单是命意，就因读者的眼光而有种种：经学家看见《易》，道学家看见淫，才子看见缠绵，革命家看见排满，

流言家看见宫闱秘事……”一位作家创作的作品，自面世之日起，就面临着各类读者的解读，每类读者群的解读方式也不尽相同：

德国接受美学学派代表人物姚斯说过：“一部文学作品并不是独立自在地对每个时代每一位读者都提供同样图景的客体。它不是一座独白式地宣告其超时代性质的纪念碑，而更像是一本管弦乐谱不断在它的读者中激起新的回响，并将作品从词语材料中解放出来，赋以其现实的存在。”究其实质，文学作品的解读，应该在其多样性和深层次性的解读上下功夫。阅读教学中，教师应引导学生在此方面进行自主探究，由此培养学生的创新思维。

以《阿Q正传》阅读教学为例，运用多元解读方式来解读鲁迅名篇的内涵和人文精神。“阿Q这一典型的创造，使鲁迅一跃成为世界著名的伟大作家。可与果戈理、契诃夫、高尔基、塞万提斯、萧伯纳、罗曼·罗兰等艺术大师媲美”，《阿Q正传》教学以阿Q形象切入并作为鉴赏重点，引导学生结合作品、作者创作意图及其他参考资料构建“我心目中的阿Q形象”。这样，学生可以从不同的视角、不同的人物性格侧面来解读阿Q形象，而阿Q形象蕴含的全部意义就是《阿Q正传》的内涵所在。鲁迅名篇的重要价值和全部核心是围绕着“人的精神”“人的心灵”展开的人文精神，多元解读的目的在于多层面深入挖掘鲁迅名篇的内涵和人文精神。

《阿Q正传》是“鲁迅人学”的艺术结晶，自其问世以来，经研究家们无数次解读，都莫衷一是，难解其中味。在语文教育中对《阿Q正传》的解读长期以来以毛泽东在《论十大关系》中说阿Q是“一个落后的不觉悟的农民”和陈涌在《论鲁迅小说的现实主义》中的“鲁迅是现代中国在文学上第一个深刻地提出农民和其他被压迫群众的状况和他们的出路问题的作家，农民问题成了鲁迅注意的中心”的定论为基本解读依据，将《阿Q正传》看成反映了农民革命的思想。中学语文教材的预习提示和教参中强调“阿Q是一个在辛亥革命前后尚未觉悟的贫苦农民，描写了封建势力在革命前残酷剥削农民，在革命到来后又混进革命党，镇压革命，从而揭露封建势力凶残狡猾的反动本质，批判了资产阶级旧民主主义革命的妥协性和不彻底性”以及“革命脱离群众的局限性”等定论，这些定论一度统治了中学语文《阿Q正传》的解读，使原本鲜活而深刻的鲁迅“人学”思想长期湮没于历史的尘埃之中。

新时期以来，传统的鲁迅观、阿Q观受到冲击和重新审视。学术界对阿Q形象意义的解读从纯粹的阶级分析转向鲁迅的最初塑造阿Q形象的目的——“画出这样沉默的国民的魂灵来”，进行“民族自我批判”呼吁“民族精神自省自救”这一原始层面，这样一来，阿Q自然成为“反省国民性弱点”的一面镜子，阿Q研究的重心也就自然转向阿Q精神胜利法上。王富仁指出，阿Q是辛亥革命失败的最关键因素，“即使阿Q成了革命政权的领导者，辛亥革命仍然毫无胜利的希望，他将以自己为核心重新组织起一个新的未庄封建等级制度”。王富仁认为，阿Q的根本精神弱点在于“缺乏自我意识和个性的自觉，在外部表现上便是对传统封建制度和封建思想现状的消极适应性”。因为“中国人向来没有争到过人的价格”，所以，从这个意义上说，阿Q形象的意义在于提醒我们不要忽略了建设“人的现代化”，阿Q形象是鲁迅“立人”思想的外在依托。

把阿Q置于改造精神层面，并不意味着这个形象研究的终止。在此基础上，鲁迅研究学者们又从人类学内涵，在对人性的深层的探讨中深入挖掘阿Q的双重性格，探究形成其精神胜利法的生存困境以及在《阿Q正传》中体现的鲁迅人学的现代意义。概括起来大体形成如下认识：林兴宅《论阿Q的性格系统》具体归纳了阿Q自尊自大与自轻自贱、憎恶权势与趋炎附势、蛮横霸道与懦弱卑怯、敏感禁忌与麻木健忘、质朴愚昧与狡黠圆滑、争强好胜与忍辱屈从等两重性格，并指出这些均来自人的本性。钱理群《中国现代文学三十年》认为在人类历史上只要还有个人和团体处于落后地位，就有产生粉饰落后的精神胜利法的可能。也有人认为精神胜利法实质上是表现人的个体生存的双重绝望，面对着挣扎无望的生存困境，人只有无可奈何地返回自身，精神胜利法是处于绝望中的人的一种无可非议的选择，用虚幻的心理胜利作为一定的心理补偿，从而得到心理满足，屈服于现实，成为甘愿做“奴隶”的“非人”，实际上也使人陷入了更加绝望的生存境地。总之，《阿 Q 正传》正是以对“人”的生存困境的正视而揭示了人类精神现象的一个重要侧面，推进了人类对自身普遍弱点的认识，使人类由“末人”逐渐成长为正常人，具有永远不会消失的现代意义。

以上研究都围绕着鲁迅先生的“尊个性而张精神” 的人文精神核心，因此，在《阿 Q 正传》教学中，教师要善于吸收最新的鲁迅研究成果，以多元解读为基础，打破传统的以作者、时代为中心的纯粹阶级分析的解读方式，引导学生以“人”为中心，从人文的、人性的角度，运用历史的理性眼光多角度、多层面地解读阿 Q 形象意义。在学生自由发表“我心目中的阿 Q 形象”时，适时引发学生做理性的深入思考，如在学生对鲁迅借阿 Q 形象揭示国民魂灵意图达成共识时，我趁热打铁设问：结合学过的鲁迅篇目思考“为什么鲁迅要把国民的魂灵画出来，意义何在”，并适时引导学生联想《灯下漫笔》中对国民劣根性的揭示，《< 呐喊 > 自序》中对改造国民魂灵的论述，学生的思维自然会进入了个体精神建设对一个民族兴衰的影响这一层面。在此基础上联系实际探讨“精神胜利法离我们有多远”和“阿 Q 形象对今天个体精神塑造的意义”，学生联系自身精神状态和生活心态能够理解精神胜利法，这时，我对学生说：“请同学们总结一下，你们的自我安慰式的精神胜利大多产生在什么情况下？”学生很容易地总结出一般在“己不如人”时，接下来我将这种普遍心态的内在哲学意义概括出来学生就很容易接受了。学生认识到了这是一个人类在面临生存困境时，自然会想到如何摆脱这种困境的问题，如此一来问题又进一步深入了。这种从多角度发散性分析入手，逐渐凝聚多层面深入解读阿 Q 形象反向积极意义的解读方式，自始至终围绕“鲁迅人学”和鲁迅“立人”思想，循序渐进将学生引领进鲁迅先生形象而精深的艺术体系之中，既充分体现了学生解读的再创造，又为学生解读鲁迅经典提供了一个全新的多元解读的思想方法。

值得注意的是，当代高中生往往都有强烈的逆反心理和自我扩张要求，竭力追寻主体的自我张扬，认识和思维处于极为活跃激荡的状态之中。在学生的实际情况面前，教师引导的责任就特别重大。在精神漫游的过程中，一方面向学生提供必要的知识背景，帮助他们扫除阅读理解的障碍，另一方面则是随时提示学生注意“文本风景”中的特别有意义有价值的部分，有要鼓励学生不受引导的限制另外发现“风景”，做出自己的文本阐释。当然，教师引导的必要前提是，教师首先是一个鲁迅的热爱者和切实研究者，没有热爱和研究就不会出现有效的引导和深入解读。

如说不尽的阿Q一样，鲁迅的其他名篇如《祝福》《药》等都是属于全人类的，属于不同的时代、不同的民族以及不同的读者，从不同的角度去接近他们，就有着自己的发现阐释、发挥和再创造，从而构成一部部文学接受史，多元解读是一个不断接近作品本体，不断丰富作品内涵，却永远没有终结的过程。越是民族的就越是世界的，多元解读鲁迅名篇，收获就在于此吧！

第二节 建构特定的审美氛围引发学生对鲁迅名著悲剧艺术和喜剧艺术的美感效应

主张“为人生而艺术”的鲁迅曾经给悲剧和喜剧下过定义。他说：“悲剧将人生的有价值的东西毁灭给人看，喜剧将那无价值的撕破给人看。”鲁迅名篇的确蕴含着悲剧价值和喜剧艺术，无论是有价值的还是无价值的，鲁迅都以其高超的艺术笔力展示在作品中，激发起读者或悲情，或崇高，或憎恶，或鄙视，或嘲笑的美感效应。而当我们综观鲁迅名篇后，我们却不得不承认鲁迅的作品风格因其幽默、滑稽的语言，高超的讽刺笔法而体现出喜剧的色彩，而在我们报以一笑之后带来的却总是无限而深沉的思考和那虽是微末的希望却有着无穷震慑力量的崇高感的悲剧艺术体验，无论是小说还是杂文都如此。概括言之，就是“以不可见之泪痕悲色，振其邦人”，鲁迅名篇是一个五彩斑斓的闪着“泪痕悲色”之光的“悲剧美”的艺术世界，这也是鲁迅艺术思维的基本特色。有人说，鲁迅是个具有强烈悲剧意识的人，从鲁迅精神世界观之，早在“示众”场面里，鲁迅就看到了民族的悲哀，在“看”与“被看”的对立中，演绎了诸多民族悲剧，以鲁迅为代表的中国现代知识分子反抗自己民族的悲剧，勇于自省，敢于斗争，不屈从于民族的劣根性，开创了一条充满了艰辛和痛楚的悲剧道路，而没有这种悲剧意识，就意味着民族的“由昏睡入于死灭”，这种悲剧精神充满了创造的精神、反抗的精神，给人以崇高悲剧和英雄悲剧的美感体验。因而，鲁迅名篇的喜剧性特点是为悲剧精神服务的，有了幽默、讽刺产生的喜剧效果才会产生“含泪的笑”的悲喜剧相互作用的美感效应。试看鲁迅《拿来主义》对“送去主义”的“发扬国光”的幽默讽刺，对“送去”的结果只能是”

当佳节大典之际，他们拿不出东西来，只好磕头贺喜，讨一点残羹冷炙做奖赏”滑稽之词，无不是出于深切的民族忧患的悲剧意识，而鲁迅用喜剧化的语言表现出来，给人更为沉重悲哀的审美感应，强化了对悲剧精神和民族自省精神的思考。看来鲁迅悲剧特色的文学本质，还是没有离开他的“掊物质而张灵明，任个人而排众数”的关注“人”的文化精神的外在显现。

由此看来，在鲁迅名篇教学中建构特定的审美氛围引发学生对鲁迅名篇的悲剧艺术和喜剧艺术产生美感效应，让学生从审美的高度上，从切身美感体验中，解读鲁迅深邃思想内涵，理解鲁迅“立人”的民族愿望，从而赋予鲁迅和他的作品以更为深远的当下意义和未来意义，都是十分必要的。

那么，如何建构特定的审美氛围呢？试作如下探寻。

一、情境渲染。这种方式比较适合鲁迅小说教学

鲁迅小说中大多采取“横截面”的叙述方式，因其叙述往往截取生活的一个场面，因而场面描写数量之多当属正常现象了，加之，鲁迅常常通过各种典型化的场面刻画来渲染或悲或喜的艺术氛围，产生特定的审美效果。例如，《药》的开篇浓黑肃杀的环境特点，刑场杀人场面的阴森恐怖而又略带滑稽色彩的“仿佛许多鸭”一样的“看客”围观场面的悲喜交融；茶馆谈药场面的轻松、热烈中间杂着小栓那愈来愈沉重强烈的咳嗽的悲哀气息；坟场的肃杀、凄冷与夏瑜坟头那一圈红白的花给人的亮点又缀以铁铸一般站着的乌鸦随之“哑”的一声大叫，诸多的场面刻画是喜？是悲？恐怕光靠老师的分析和说教，学生是不会从心底理解，必须使其设身处地地进入到具体可感的艺术情境之中，方可产生属于自我的审美、情绪体验，真正走进鲁迅。因此，我对《药》的教学从场面描写入手，让学生找到作者刻画了几个场面，各有怎样的特点。学生对场面描写特点的描述、归纳

过程就是展开联想进入作品情境的过程，在特定而复杂的悲喜氛围中，学生悲哀着“看客”们麻木不仁、幸灾乐祸，感动着夏瑜的那虽是悲剧的反抗却闪着生命火花的崇高精神，也理解了鲁迅那所谓的“哀其不幸，怒其不争”情怀，在谈客们兴高采烈的言语中参悟到了“我们的民族还是一个奴隶性很浓厚的半绝望的国家”，夏瑜坟头的一圈红白花给学生带来了希望，又随着乌鸦的叫声和飞走理解了鲁迅于绝望中怀着希望，又寄予一种“希望是本无所谓有无所谓无”的不调和的悲剧精神。如果学生理解《药》的结尾有些难度的话，可以引导学生将小说中的几个场面连接起来，作为一个整体氛围来感受其悲剧氛围，对理解鲁迅的“比王婆鬼气”的悲剧艺术和鲁迅对民族精神和前途命运问题上表现出的清醒的认识：改造国民性的道路充满艰难困苦，必须付出血的代价，其过程必定是充满悲剧性的抗争，有希望支撑就会义无反顾地走下去，在一个半绝望之邦，还要在绝望中抗争，到底希望何在还要看我们的努力。

二、情感熏陶

这种方式往往通过对鲁迅名篇中富有情感煽动式的语段的情感化朗读来实现。如《纪念刘和珍君》《为了忘却的纪念》中许多语段都渗透了作者强烈而深沉的情感，教师有感情地范读，引发学生的情感共鸣，披情入文，学生自由有感情地朗读课文，或缓慢深沉，或思念绵绵，或一字一顿造成心理压抑，无声胜有声，自然而然进入作品情境，走进作者心灵与作者同悲、共愤，进而激发起学生内在真情，产生悲愤而崇高的审美体验，陶冶了情操，体味了思想情感内蕴。学生会产生来自心灵深处的激动不已，这种由情感熏陶所产生的美会沉淀在学生的心灵中，渗透到学生的行为中，是对学生最佳的精神教化。

三、情节体悟

鲁迅小说的情节设置往往采取多种手法，如《祝福》采用倒叙手法，首尾呼应：开篇是热闹喜气而沉闷的旧历年底的“祝福”氛围，结尾是连绵不断的爆竹声夹着飞舞的雪花，醉醺醺的蹒跚的天地圣众与懒散而舒适的“我”都笼罩在这“预备给鲁镇的人们以无限的幸福”的“祝福”氛围中。引导学生进入作品情境进而体悟作者的情节设置的用意所在：在“祝福”的喜气气氛中蕴涵的悲剧色彩比直接用悲剧来表现悲剧具有更加悲哀的艺术效果。再如《阿Q正传》的情节安排，在第一章《序》中，作者以故意玩弄的把戏，声称不知阿Q姓氏名谁，随着情节的展开，作者对阿Q寄予了更多的同情和哀怜，教师引导学生注意体会情节的发展与作者情感的关系，学生也会在阅读初期对阿Q的扭曲从嘲笑转向悲情，经历了一个从松弛到紧张的心理过程，也就是从喜剧到悲剧的美感体验过程。而小说发展到最后，阿Q的心理幻觉“饿狼咀嚼他皮肉以外的东西”“这些眼睛”“咬他的灵魂”实际上已经融入了作者以至读者的心里，具有震撼人心的力量，根据情节发展学生的情绪随之动荡，在体悟情节中产生由喜剧到悲剧再到更深层悲剧的美感效应。

在美学范畴中，喜剧常常和丑的人或物结合起来，这些人物的言语、行为往往是可笑的，他们一般是生活中的小人物，小得卑微，小得可怜，让人看了他们的行为常常会哑然失笑，笑他们的蠢笨无知，笑他们的弄巧成拙，笑他们的自欺欺人，笑他们的自相矛盾。鲁迅善于挖掘日常生活中小人、小事，把我们司空见惯的言谈举止中蕴藏的民族劣根性穷形尽相地描述、刻画出来，“把丑的东西撕裂给人看”，看过之后，笑过之后引起我们的悲哀感。这种以丑写喜，以喜衬悲的美学原则在鲁迅的笔中运用得尤其自如而高超。所以，无论是纯粹的悲剧形式，还是以喜衬悲的艺术形式，都是鲁迅兼济天下、忧国忧民情怀的至深至诚的写照。

第三节 启发式的方法引导学生进入所描述的生活情境，突破解读中的难点问题

消除经典阅读中的历史隔膜，从作者—读者所构成的互动关系中去寻找历史现场感，设身处地地反顾历史现场，进入作者所描述的生活情境，消除历史距离或异样民俗带来的隔膜，在此基础上做深入的分析，突破难点问题，才能让艺术感觉鲜活起来，有时代感，又有个人体验，从心底感悟作品的艺术魅力。这种消除阅读隔膜的行为体现在具体文学作品教学中，以强硬的、僵化的、灌输的教学方式都是不可能达到的。运用启发式的教学方式，引导学生进入所描述的文本情境之中，进而达到使学生“释疑”的目的，符合语文教学规律和学生接受作品心理规律。

孔子说：“不愤不启，不悱不发。举一隅不以三隅反，则不复也。”现代教育家叶圣陶认为：“教师之为教，不在全盘授予，而在相机诱导。”启发诱导教学能最大限度地发挥学生的主体作用，学生在解读作品中，不是一个被动的接受者，而是站在与文本作者平等地位上积极主动地走进作品内部，努力感受和理解作者的思想感情，在教师适时得体的启发、点拨下，学生解读作品的过程始终处于自由、主动、积极的主体参与状态中。

在此，以启发教学为核心对鲁迅名篇所描述的生活情境带来的“隔”的问题这一难点做一番尝试性探寻。

一、搭桥铺路式的启发

高中鲁迅小说名篇塑造的故事不管是《祝福》中的“鲁镇”，《药》

中的“古口亭口”，还是《阿Q正传》中的“未庄”，这些故事其实都是以鲁迅的故乡——绍兴为背景的。鲁迅先生的这些小说中涉及的一些绍兴民俗对今天的学生来说，既存在时间的隔膜，又有空间地域的阻隔，这在一定程度上造成了学生解读作品的意义障碍，构成了鲁迅名篇教学的难点之一。针对这一问题，教师需要在处理这些难点时，适时介绍或组织学生利用各种教学资源查找绍兴民俗资料，为突破难点、扫除阅读障碍铺路搭桥。例如，《阿Q正传》中阿Q反复唱到“我手执钢鞭将你打”，学生对此十分费解。其实这就与绍兴民俗有关，这一句台词出自绍兴经典曲目《龙虎斗》，这出戏唱的是赵匡胤昏聩误国终遭报应的故事。在绍兴演出这个曲目的都是一些“堕民”，即世为贱业，多为“教坊”“乐户”，不得赴考，不能纳官，不得与平民通婚，甚至被规定穿特有的服饰，因而，以在悲苦和被轻视的环境下过活的“堕民”为台柱子的绍剧，大多充满激烈的斗争气氛。他们不敢公开地正面地对现实中的帝王权势表示不满和反抗，只能在舞台上将帝王打骂个痛快。在解读《阿Q正传》中写阿Q与小D打架先唱“我手执钢鞭将你打”这一情节时，如果有以上的铺路搭桥的启发，学生就会结合这种固定的民俗所形成的固定身份的自卑又反抗的心理积淀来深入理解阿Q精神胜利法所固有的历史沿袭，进而拓展到我们整个民族的屈辱和反抗交织的心理发展史。所以，运用特定的历史资料适时引发学生思维进入沉重而深远的历史氛围中，感同身受地进入作者所描绘的生活情境，就会深入解读难点问题，切实提升学生分析问题，解决问题的能力，培养学生一定的文化意识。

二、分析话语情境式的启发

对鲁迅名篇中表达思想内涵的一些难点的内容，如果只凭借教学中教师的循循善诱式的启发，也许不会做到面面俱到，所以，我们可以跳出一般意义上的启发诱导，从一个分析话语情境式的启发入手，也许会达到以一当十的解读效果。例如，在《祝福》教学中，对鲁四、柳妈、卫老婆子、祥林嫂的婆婆、鲁镇上的闲人们以及“我”这些众多人物到底是谁害了祥林嫂的问题，一直是探讨的难点和焦点问题，而每每在我的循循善诱的启发引导下，学生们的认识似乎都不够明确和深入，我对这一难点问题的解决也未曾满意过，总有一种模糊和意犹未尽的遗憾，每每这时总是以教学是门遗憾的艺术来安慰自己。在最新近的《祝福》教学中我引导学生首先将作品中众多的人物分类，找到每类人物之间的矛盾关系，将祥林嫂置于错综复杂的人物关系网中，理清杀害祥林嫂的元凶。在诸多人物中我们把他们分成四类：一是以鲁四这样传统的士大夫家庭为主要代表施行的话语情境。他们是族权、夫权的代言人和支持者；一是以柳妈等一大批吃斋念佛的“善女人”为代表施行的话语情境，他们是不杀生的，在他们看来祥林嫂是有罪的，所以要捐门槛赎罪；一是以卫老婆子、祥林嫂的婆婆为代表，把女人做为交易的物品，实际是不同男性家族之间互相交换女人；一是一种模糊的集体无意识，在文本中没有具体的代表，表现为无人称的鲁镇上的闲女人们，在她们看来祥林嫂是非正常的，因为正常人是不会反复重复自己的故事的，他们对祥林嫂是厌恶的，甚至是揶揄讽刺的。我又组织学生从四类人入手，分别站在不同的立场重新演绎“祥林嫂的故事”，并以“不是我害了祥林嫂”为题展开四方辩论。在学生真正进入自我话语情境后，引导学生认识，祥林嫂的悲剧之所以发生是因为她处于多种话语权力的压迫之下，每种话语的背后都是一个利益集团，而祥林嫂不属于任何一个利益集团而被排除在鲁镇这个社会系统之外。从话语系统进行启发分析，找到每类人对祥林嫂构成的罪孽的认识，自然会清晰明了了许多，虽然学生对这种阐释方式的实质还不甚理解，但是，教师可以对学生进行认识提升：当一种社会话语系统不适合人的生存，甚至成为“正常人”的生存威胁，连想做奴隶都不得的时候，就是这个社会系统腐朽至瓦解的时候了，如此引发学生自然理解了鲁迅建立“人国”，改造国民各种不同表现的奴性精神的真正意图了，从而也就抓住了鲁迅名篇的核心人文内涵了。

从以上意义上说，启发式教学在语文教学中的运用，的确需要突破传统的一般意义的启发诱导，教师的启发应该是有效的，还应该是独辟蹊径的。无论是铺路搭桥式地由背景资料切入来引发学生进入历史和作品情境，还是由话语系统切入进入作品的社会氛围之中，都是一种过去我没有实践过的新尝试，我相信，教师勤于思考，不辍革新，就会达到教学中更为全新的境界。而这种境界已然在学生中生长、开花……

第四节 以研究式的讨论对话方式进行多样性的评点

李政道说过：“学问，就是学会问，学会思考，不是学答案。”语文学习少不了思考质疑这一重要思维方式。研究式学习的方式就是在教学过程中创设一种类似科学研究的情境和途径，让学生进行主动的探索、发现和体验，师生在讨论、对话的热烈氛围中研究问题，共同形成问题意识，从而增进思考力和创造力。它不是简单的接受性学习，它强调重视学习的过程，而不只是单一的学习结果，答案也可以是丰富多彩的，可以对文本进行多样性评点。评点是一种最传统的整体解读法，它的解读思路不同于条分缕析，它追求的是整体的总体评价，评点的方法可以是多种多样的，评点的结论可以是见仁见智的。新课标中也明确提出对艺术形象的感悟和文本价值的独到理解，鼓励学生的个性化阅读和创造性解读。在语文教学中以研究式的讨论对话方式对文本进行多样性的评点能够在平等、民主、和谐的课堂氛围中实现师生互动交往，建构学生的创新意识和创造能力，同时，通过师生之间研究讨论，师生之间可以优势互补，在热烈的讨论甚至辩论中相互激励，使思维向纵深方向发展。

我在鲁迅名篇教学中运用研究式学习的模式是由内向外的，即研究的方向由文本、课内向课外、学术研究领域延伸。例如，《灯下漫笔》的教学我本着“以学生为本”的理念，采用了研究式学习方式：学生在充分预习的基础上，理清课文结构思路，引导学生综观全文，自由提问，发现未解决的深层问题，师生共同确定研究探讨的三个问题：一是文中作者挖出了多少国民性，是否丑化了中国人，其目的何在？二是你认为鲁迅所说的

"第三样时代"到来了吗？三是鲁迅是永远的吗？我们应如何学习鲁迅？学生课下搜集、加工整理资料，并整合自己的认识观点。课上由不同课题组汇报研究成果。全体同学针对一个或几个焦点问题进行质疑探讨或自由辩论。学习环境轻松、融洽，学习方式小组协作进行自主合作探究。讨论形式多样化，问题能够步步引向深入。例如，对鲁迅批判的国民性，有的学生说："鲁迅的批判激进的目的在于激起民众的警惕。"有的说："鲁迅是中华民族的一面旗帜。"彼时彼刻，我感到学生们已经逐步消除了对鲁迅的距离感，慢慢融进了鲁迅博大而深邃的思想体系之中，虽然步履维艰，毕竟我们在前进。

在诸多的精彩面前我只能叹服学生那激情勃发的创造力，教师的幸福是什么？是真正开启了学生的智慧。学生获得了智慧，就是教师最大的荣耀和幸福！

以上只是我对高中语文鲁迅作品教学策略与方法的一点粗浅的探寻，实际上，最好的方法是什么？无法即有法，我想教无定法，没有最好，只有更好。

至此我的鲁迅作品教学探索之路告一段落，但是，前进的脚步不会因为我笔端的接近尾声而停止。

因为鲁迅是永远的，"立人"的道路任重而道远，铭记鲁迅，我们的民族大有希望，尚可有为；忘记鲁迅，走出困境，我们会建设一个真正之"人国"。鲁迅作品教学一如鲁迅一样博大精深，常学常新，常教常新。最是鲁迅应该学。我认为，只有充分认识鲁迅文学作品的人文内涵、审美因素、德育因素以及意蕴的内容美与形式美，亦即充分认识鲁迅名篇的人文价值和对学生语文素养提升的重要作用，方是肯于改革鲁迅作品教学的真正动因。要想让学生走进鲁迅，首先教师要热爱鲁迅，要身体力行地解读鲁迅，学习鲁迅，更要不断学习，加强自身学术修养。否则，当你放手发动学生时，学生一旦思绪涌动，你也许无法招架和引导。这一点，我尝试了，但是学无止境，我将继续“上下而求索”！

在这个历程中我遇到了许多烦恼，我有过对学生思想单纯、浅薄无知的鄙薄和无奈，也曾想放弃这种尝试，最终还是走到了今天，其间的痛苦和迷惘自知，其间的甘甜亦自得。

而今，我对我有过的焦躁，有过的火急，有过的对学生缺乏信心的浅薄，惭愧不已。今后，我会在“鲁迅与当代中学生”“鲁迅与当代中国建设”等课题上继续研究，潜心探索，并引导学生进一步走进鲁迅研究领域，把鲁迅作品教学作为语文教学的重要基地，积极尝试语文教学其他方面的课改实践。

第五章

新课程背景下高中语文课堂教学模式的重新构建

第一节 “导学—自学—互学—共享”的课堂教学模式

一、模式简介

导学环节。此环节是教师指导学习环节。教师导学环节是整堂课的基础环节，是一个以教师为主导的指导学生如何自主学习、主动学习的环节。一是引导学生明确自学的方向和目标；二是给学生分解自学问题和任务，要根据问题的难易程度，分给不同的学习小组或不同学习程度的个人；三是引导学生了解自学时哪些问题是重点，哪些问题是难点，哪些问题是疑点，更要引导学生注意哪些问题是学生在自学时，容易忽略的盲点和容易引起争论的焦点；四是给学生指出自学的途径和方法。

自学环节。这一环节是学生根据以上导学内容进行自主学习的环节。这一环节教师应指导学生在自主学习时要动口、动脑、动手。

互学环节。学生互学环节是一堂完整课的高潮环节，也是学生尽展自己学习风采的环节。这个阶段应包括两个内容：组内互动讨论和班内互学交流。

组内互动讨论是在班内互学交流之前，先进行的学习小组组内的互动讨论。在组内的互动讨论中，学生可以互相交流自己的自学成果，也可以就某一个有争议而产生不同意见的问题进行组内的讨论，同组学生充分发挥合作学习的形式，共同探究，集思广益。

班内互学交流是最为精彩的环节，这个环节的关键之处在于，学生在班内互学交流的发言是否有序和高效，关键看教师在此时的引导和调控。

在这个环节中,学生是课堂学习的主角,教师的功能和作用应是启发、诱导、激励以及穿针引线、铺路搭桥和控制课堂节奏。

共享环节。共享环节是一堂完整课的最后环节，也是前面所有学习环节水到渠成的结果。在这个环节中，我个人认为，有两件事学生需要马上去做，一是用红笔对自己在自主学习或组内互学中，某些学习问题得出的错误答案或不当结论做出纠正，二是对自己没有分解到的学习问题的结论或答案进行归纳和整理，共享全班同学在班内互动互学交流发言中对问题研究的答案和成果，最终尽可能圆满地完成本节课的学习任务，并作为自己的学习成果加以保存。

二、模式依据

新一轮课程改革要求着重改变学生的学习方式，让课堂教学变成探索性、自主性、研究性的学习。新课程标准明确摒弃传统的“注入式”“操练式”的被动的教法，主张合作互动，平等交流，自主探究的教学方法，要求课堂教学逐步走向民主，注重为学生创设一种和谐的气氛和宽松的环境。在新课程理念的指导下，要求教师转变教学观，从教学生到教学生学，关注学生是否获得了有效的学习。实现有效的课堂教学。课堂教学模式的本质在于它的有效性、生命性，导学—自学—互学—共享，是学生对所学内容主动实现意义建构的课堂。

三、教学实用综述

我教授《边城》就运用了这种教学法，具体操作流程如下：

（一）导学环节

本课是自读课，学习时要注意指导学生以下两点：一是自主讨论。引导学生运用“自主讨论法”，通过自读认真思考，划出重点语句，讨论交流，议出问题的关键，从而把握重点。二是根据间接经验学习感受生活。在充分激活学生情感的基础上，因势提问，《边城》的美体现在三个方面，是如何体现的？可指导学生就环境美、风俗美、人性美展开讨论。

（二）自学环节

针对教师提出的问题，学生自主学习，结合课文，也可查找资料，找出“三美”的具体表现。

（三）互学环节

将学生分为三组，结合自学情况，分别就环境美、风俗美、人性美进行组内合作讨论。在组内的互动讨论中，学生可以互相交流自己的自学成果，也可以就某一个有争议而产生不同意见的问题进行组内的讨论。

（四）共享环节

学生在自主学习或组内互学中，对某些学习问题得出的错误答案或不当结论做出纠正，对自己没有分解到的学习问题的结论或答案进行归纳和整理。

四、教学案例

萧红的《鲁迅：深刻与伟大的另一面是平和》教学设计

（一）教材分析及目标确定

1.《鲁迅：深刻与伟大的另一面是平和》在教材中的地位和作用

《鲁迅：深刻与伟大的另一面是平和》是选修《中外传记作品选读》精读课文中的第二课，萧红的这篇回忆录是一篇非常情绪化的文章，内容涉及多个方面，没有严格的逻辑顺序，有时会形成某种断裂，感情的红线将素材织成一幅清晰的画面。作者通过女性的细心体察，敏锐捕捉到了鲁迅许多有灵性的生活细节，表现了鲁迅的个性、情趣、魅力、气质。通过萧红的回忆，展现在我们眼前的是一个生活化、真实化的鲁迅，鲁迅是人而非神。这与上一篇《杜甫》传记在写法风格上有着明显的不同，学生借此体会、比较不同写法不同类别的传记作品，这契合了新课标中关注学生多方位情感体验的要求。

2. 教学目标

（1）知识与能力

了解传记的一种——“回忆录”的文体特点，品味这篇回忆录的艺术特色。

（2）过程与方法

指导学生从自主搜集资料、深入阅读、小组合作交流等方面入手分析，培养学生自主合作自主探究的能力。

（3）情感态度价值观

理解鲁迅平和的特点，深入领悟深刻、伟大与平和的辩证关系，从而正确评价鲁迅。

3. 教学重点和难点

（1）了解传记的一种——“回忆录”的文体特点，品味这篇回忆录的艺术特色。

（2）理解鲁迅平和的特点，深入领悟深刻、伟大与平和的辩证关系，从而正确评价鲁迅。

（二）学情分析

文中涉及的有关鲁迅的具体的事件和鲁迅的性格特点并不难理解，但这篇文章篇幅较长，学生在驾驭篇章内容上存在一定的困难，所以，教师应注重引导学生在分析人物形象时化繁为简，分组合作，让学生有针对性地筛选信息。

（三）教法分析

1. 分组合作法——生生合作，自主自悟，归纳总结鲁迅的性格特点。

2. 点拨法——回忆旧知，拓展迁移，比较心目中的鲁迅与萧红笔下的鲁迅的异同，从而体会作者对鲁迅的真挚感情源于鲁迅伟大的情怀和平和的性情。

3. 探究法——研究探索，交流评价，深入理解平和与伟大的辩证关系。

（四）学法分析

本节课是一节现代传记教学课，侧重传记的信息提取和概括，实现“长文短教”，课上探索了传记类文本阅读的基本思路，突出文体特征的教学。体现了以“学生自主学习”为主，生生对学为辅，小组群学展示为主线的“高效”教学模式。教师以“学”定“教”，导学，扶学、精讲、点拨。把课堂还给了学生，激活了学生，从而使不同层次的学生都能学有所得。

（五）教学过程

1. 导入新课

2. 小组汇报

课前将学生分为四组，前三个小组分别从家庭生活、交友会客、个性习惯方面感受萧红塑造了一个怎样的鲁迅形象，第四组比较萧红笔下的鲁迅与你眼中的鲁迅有什么不同。课上分组汇报。

3. 交流探究

你更喜欢怎样的鲁迅？

学生各抒己见。教师引导学生深入领悟深刻、伟大与平和的辩证关系，从而正确评价鲁迅。

4. 讨论评价

师生讨论学案中的文本评价中的内容：孙绍振在《解读萧红的〈回忆鲁迅先生〉》中说：“这篇文章的写法有些特别，似乎随意写来，有点像流水账，犯了写文章的大忌。但是在回忆鲁迅的文章中，这篇文章又属经典之作。”你是如何理解这种说法的。

学生讨论交流，各抒己见，教师适时点拨引导。引导学生了解传记的一种——“回忆录”的文体特点。

5. 拓展深化

鲁迅逝世后，有众多的友人写下了文风各异的回忆性篇章。请同学们仔细阅读巴金的《忆鲁迅先生》、唐弢的《琐忆》、周晔的《我的伯父鲁迅》，思考与本文在写作风格上的异同。

6. 教学反思

第一，设计合理的学案：形成了“课前预习学案—课上探究学案—课后拓展”的完整体系。

第二，学习方式和教学方式转变：实施“互动—生成”的教学模式，形成互教互学的“学习共同体”，教师作为学生课前准备的指导者、课上释疑的帮扶者、课下拓展的引领者。

第三，能力的培养和提升：“讨论 + 合作 + 构建 + 迁移”的模式提升了学生自主学习的能力。

第四，遗憾：教学是门遗憾的艺术，一节课的展示内容较多，学生讨论、发言的时间不够充裕，没有给学生更加开放的空间，学生没有得到足够的释放。选修课文章可以开设专题研讨课，时间为60分钟，效果会更加良好。

附：

《鲁迅：深刻与伟大的另一面是平和》课前预习学案

[教学目标]

1. 了解传记的一种——“回忆录”这种文体的特点，品味这篇回忆录的艺术特色。

2. 学习本文善于从生活琐事中去展现人物性格的写作方法。

[教学重难点]

1. 体会伟人鲁迅日常生活中平易温和的性格特色，感悟平凡生活中鲁迅真实而又丰富细腻的心灵世界。

2. 品味萧红涌动在文字下对鲁迅的爱戴、敬仰、怀念之情。

3. 学习本文善于撷取生活琐事去展现人物性格的写作方法。

4. 正确认识评价鲁迅。

一、知人论世

1. 作者萧红

萧红，原名张迺莹，1911 年出生于黑龙江省呼兰县一个地主家庭。幼年丧母，1928 年在哈尔滨读中学，接触“五四”以来的进步思想和中外文学。尤受鲁迅、茅盾和美国作家辛克莱作品的影响。1930 年为反抗父母包办的婚姻离家出走。1932 年认识萧军并与之结为志同道合的伴侣，两人结识不少进步文人，参加过宣传反满抗日活动。1934 年在鲁迅帮助下萧红和萧军来到上海。1935 年，发表成名作《生死场》，蜚声文坛。抗日战争爆发后，上海沦陷，萧红到了香港，不久，发表著名长篇小说《呼兰河传》。1942 年病逝于香港九龙，时年 31 岁。

被誉为“30 年代的文学洛神”的萧红，是民国四大才女（另为吕碧城、石评梅、张爱玲）中命运最为悲苦的女性，也是一位传奇性人物，她有着与女词人李清照那样的生活经历，并一直处在极端苦难与坎坷之中，可谓是不幸中的更不幸者。然而她却以柔弱多病的身躯面对整个世俗，在民族的灾难中，经历了反叛、觉醒、抗争和一次次与命运的搏击。这位自传型的、抒情型的女作家，一直沿着反封建的思想道路前进，她用自己那些独特风格的优美散文及散文化的小说，丰富了我国现代文坛，成为中国新文学史上一位有风格的杰出的女作家。

2. 传主介绍

鲁迅（1881–1936），中国文学家、思想家、革命家。原名周树人，字豫才，浙江绍兴人，1881 年 9 月 25 日诞生，出身于破落封建家庭。青年时代受进化论思想的影响。1902 年去日本留学，原在仙台医学院学医，后从事文艺工作，希望用以改变国民精神。1905 年至 1907 年，参加革命党人的活动。

辛亥革命后，曾任南京临时政府和北京政府教育部部员，兼在北京大学、女子师范大学等校授课。1918 年 5 月，首次用“鲁迅”的笔名，发表中国现代文学史上第一篇白话小说《狂人日记》，奠定了新文学运动的基石，五四运动前后，参加《新青年》杂志工作，成为“五四”新文化运动的主将。

1918 年到 1926 年间，陆续创作出版了小说集《呐喊》《彷徨》、论文集《坟》、散文诗集《野草》、散文集《朝花夕拾》、杂文集《热风》《华盖集》《华盖集续编》等专集。其中，1921 年 12 月发表的中篇小说《阿 Q 正传》，是中国现代文学史上的不朽杰作。1926 年 8 月，因支持北京学生爱国运动，为北洋军阀政府所通缉，南下到厦门大学任中文系主任。1927 年 1 月，到当时的革命中心广州，在中山大学任教务主任。1930 年起，先后参加中国自由运动大同盟、中国左翼作家联盟和中国民权保障同盟，反抗国民党政府的独裁统治和政治。1936 年 10 月 19 日因肺结核病逝于上海，上海民众上万名自发举行公祭、送葬，葬于虹桥万国公墓。鲁迅的作品充实了世界文学的宝库，被译成英、日、俄、西、法、德、阿拉伯、世界语等 50 多种文字，在世界各地拥有广大的读者。

3. 妙评鲁迅

（1）鲁迅在中国的价值，据我看要算是中国的第一等圣人。孔夫子是封建社会的圣人，鲁迅则是现代中国的圣人。 ——《毛泽东文集》

（2）鲁迅是中国文化革命的主将，他不但是伟大的文学家，而且是伟大的思想家和伟大的革命家。鲁迅的骨头是最硬的，他没有丝毫的奴颜和媚骨，这是殖民地半殖民地人民最可宝贵的性格。鲁迅是在文化战线上，代表全民族的大多数，向着敌人冲锋陷阵的最正确、最勇敢、最坚决、最忠实、最热忱的空前的民族英雄。鲁迅的方向，就是中华民族新文化的方向。”

——毛泽东《新民主主义论》

（3）著作最谨严，岂徒中国小说史；遗言犹沉痛，莫作空头文学家。

——蔡元培

（4）鲁迅先生的死，不仅是中国失去了一个青年的最勇敢的领导者，也是我们失去了一个最真挚最热忱的朋友。

——郑振铎

4. 背景材料

1936年，中国文坛上一颗巨星陨落了，山河动容，举国悲痛，萧红用女性化、情绪化的手法，去诠释鲁迅的信念和力量。为了培育萧红这朵中国三四十年代的中国女性文学园圃的奇葩，鲁迅甘做人梯，在她的作品中倾注了大量心血。由于萧红跟回忆对象鲁迅之间有着直接交往，对回忆对象充满着缅怀崇敬之情，素材又来自亲历、亲闻、亲见，因此作品不仅富有史传性，而且也富有文学性。

二、文体知识

本文原名“回忆鲁迅先生”，是一篇“回忆录”，它是传记的另外一种形式。顾名思义，回忆录主要就是回忆的整理和记录，和一般传记相比，不见得很连贯和完整，但作者常常带着某些感情来叙述，对某些事件或者生活细节的呈现可能更加生动、亲切。回忆录主要记录个人所经历的生活或所熟悉的历史事件，也有主要记述自己所交往过的他人的事迹的。

三、整体感知

1. 查找鲁迅的作品、名言或其他人写鲁迅的文章，体会其中所折射出的鲁迅性格或精神。

作品 / 名言	所体现的人物性格或精神

2. 文章中作者写了很多事情，作者记述鲁迅主要从哪几个方面来写的？每个方面说一两个你印象最深刻的例子。

3. 从这些事件中你感受到了鲁迅怎样的性格特点？

4. 细读萧红眼中的鲁迅，通过细节和语言，分析文中的鲁迅与你所了解的有何不同？请结合课文具体谈谈。

课内探究学案

1. 鲁迅的平和形象与之前的伟人定位相比，你更欣赏哪一个？你是如何理解“伟大与平和”的关系的？

2. 孙绍振在《解读萧红的〈回忆鲁迅先生〉》中说：“这篇文章的写法有些特别，似乎随意写来，有点像流水账，犯了写文章的大忌。但是在回忆鲁迅的文章中，这篇文章又属经典之作。”请结合作品探究这种写法应该具备哪些条件。

课后练习拓展学案

1. 推荐作品阅读

（1）作者萧红其他作品：《呼兰河传》《生死场》

（2）怀念鲁迅的作品：

唐弢《琐忆》

阿累《一面》

林语堂《悼鲁迅》

周作人《关于鲁迅》

郑振铎《永在的温情》

孙伏园《忆鲁迅先生》

许寿裳《鲁迅的游戏文章》

施蛰存《关于鲁迅的一些回忆》

藤野严九郎《谨记周树人君》

2. 鲁迅逝世后，有众多的友人写下了文风各异的回忆性篇章。请同学们仔细阅读巴金的《忆鲁迅先生》、唐弢的《琐忆》、周晔的《我的伯父鲁迅》，思考与本文在写作风格上异同。

文章	风格特点	与本文的不同
巴金 《忆鲁迅先生》		
唐弢 《琐忆》		
周晔 《我的伯父鲁迅》		
萧红 《回忆鲁迅先生》		

《谈中国诗》的教学设计

（一）学情分析和目标定位

《谈中国诗》是钱钟书的一篇“文艺评论式的随笔”，是钱钟书 1946 年 12 月 6 日在上海面对美国人的一篇英文讲稿，因为讲座对象是美国人，钱钟书谈中国诗开宗明义，明确表明是从中国诗和外国诗的比较进行切入，以比较文学的立场进行阐述，在风趣幽默中让美国听众明白中国诗歌的主要特征。

基于这样一篇特色鲜明的文本，确定本文的教学目标和教学重点为：走进文本，理清全文思路，比较中外诗歌异同，进而概括中国诗歌的特点，分析文章以“综合为纲，以比较为网”的写作特色。

学生对文艺评论已经有了初步的了解，但是因为本文是讲稿节译而成，语言有欧化的风格，学生读起来有一定难度，同时作者使用的比喻手法学生在理解时也会遇到一些阻碍。据此确定本文的教学难点为：把握钱钟书使用的对比、比喻、引用、举例的论证方法，引导学生鉴赏含义隽永的句子。

（二）教法和学法

指导学生自主学习、合作学习、探究学习。

（三）教学过程

1. 情境导入，走近大师：

教师描绘 1946 年 12 月 6 日钱钟书在上海面对美国人用全英文讲座的场面，钱钟书以中国诗和外国诗的比较进行切入，娓娓道来，在风趣幽默中让美国听众明白中国诗歌的主要特征。让学生明确文本切入角度，快速走进文本，并激发学生对大师级学者的敬仰之情。

2. 理清思路，完成重点：

（1）课前将学生分四个小组写作本课的结构提纲，各组长在课前将本组同学所列提纲汇总，小组评议推荐一篇最好的作品，利用课间十分钟写在黑板上。

（2）课上，教师指导学生走进文本，师生共同研讨，最终确定最佳的结构提纲。

（3）鉴赏品评，突破难点。让学生找出自己感兴趣的句子，谈谈自己的理解或感受。小组学生讨论、交流、展示。教师指导学生重点解读本文幽默风趣的说理风格。

（4）感受大师风范，升华情感。指导学生结合文本内容，分组讨论并总结钱钟书具有怎样的大师风范。

3. 学识风范：独特的文艺美学见地。

4. 治学风范：谦逊得体，情怀浓郁——对外国诗歌不吝赞赏，对中国诗在辩证分析中洋溢着对本民族文化的无比自豪之情。可谓高山仰止，景行行止。

5. 布置作业：课外阅读宗白华的《美学散步》，进一步积累。

第二节 问题驱动式语文课堂教学模式

一、模式提出的理念依据

问题驱动式教学法是指学生在任务的驱动下，借助他人的帮助，利用必需的学习资源，通过课堂上的自主、合作、探究学习获得知识意义的建构和能力提高的一种教学方法。

它以任务为主线、教师为主导、学生为主体，体现了新课程改革“自主—合作—探究”的学习理念。从学习者的角度说，问题驱动是一种学习方法，适用于思维训练和技能练习类的学习活动；问题驱动学习法可使学习者的学习目标十分明确，便于发挥主体的综合能力。从教师的角度说，问题驱动是一种建立在建构主义教学理论基础上的教学方法，适用于培养学生的自学能力和相对独立的分析问题、解决问题的能力。

问题驱动式教学法吸收了目标激励教学法的目标引导学习和活动驱动型课堂教学法的学生活动为主体等成果，并引入了新的教育理论，在问题驱动下展开教学活动，引导学生由简到繁、由易到难、循序渐进地完成一系列问题，在问题完成中探究方法、拓宽思路、掌握知识，形成学生分析问题、解决问题以及处理信息的能力。在这个过程中，学生还会不断地获得成就感，更大地激发求知欲望，形成心智活动的良性循环，从而培养出独立探索、勇于开拓进取的创新意识。问题驱动教学是新课程改革实践中出现的一种新教法，新模式，它体现的是课程改革的新理念，新思想。

二、构建问题驱动式语文课堂教学模式的依据

近年来，语文教学改革有所升温，而讨论最多的无外乎是去除满堂灌的“填鸭式”教学方式，要求教师更多地关注学生的主体性、能动性，随之而来就产生了依据人本主义教育理念的问题驱动式教学法。问题驱动式教学法是当前高中语文教师经常采用的，其关键在于问题的设计，因为它关乎课堂的效率。因此，我们在问题设计的时候，要遵循一定的原则。

一是依据文体特征，确定课堂核心问题。

在教学设计时要先确定教学内容，再选择教学方法，而教学内容的确定又要体现文体特征，所以根据具体的文体特征来设计核心问题才是比较合理的，如果教师抛开文体设计核心问题就会陷入误区。在解读文本时，不同的文体是需要不同的方法来引领的。根据文体特征来设计教学的核心问题是对文本的尊重，也很容易进入与文本“对话”的状态，学生也会离文学越来越近。

二是紧扣文本内容，去伪存真设计真问题。

当下教学存在着一个普遍的现象，教师盲目追求教学手段的新花样，却忽视了文本本身，走向了教学的异化。教师研读文本设计教学问题时必须做到紧扣文本，不能设计那些只围绕文本外部的伪问题。一个好的问题应具有一定的生命力，包括思维容量大、精、准等特点。课堂提问的目的是更好地解读文本，促进学生的思维发展，构建适合学生知识水平与智力水平的解读模式。

文本解读一般分为内部解读与外部解读，而大多数情况是内部与外部结合解读，并倾向于内部解读。笔者个人也觉得文本解读的关键还是内部解读，也就是关注文本本身的一些细节或是矛盾等。只有紧扣文本内容设计真问题才能深入文本，和作者进行心灵的对话，最终达到师生之间、学生与文本之间情感上的共鸣。

三是把握班级学情，设计主干枝叶共生问题。

文本解读的方法和角度有很多，但是不是所有方法和角度都适合课堂教学。最好的问题设计必须符合自己所任教班级的学情。选择好了问题设计的基本点，就要围绕文体特征、文本内容等设计出几个核心问题，而不是流水式的问题。因为核心问题能共生枝叶问题，这样的问题设计有利于激活学生的思维，打开学生思想的生长之门。而“流水式”的问题设计其实就是教师解读文本的思维流程，局限了学生的思维生长，不利于学生的发展。

总之，以问题驱动的教学法能转变传统讲堂式的教学模式，充分发挥学生的主动性，但是问题的设计切勿浮华，应该遵守文体特征，紧扣文本，把握学情。

三、问题驱动式教学模式的教学实践案例

《虞美人》教学设计

一、教学设计的文本加工依据

我们从“教材使用选修去必修”及“教学过程选修融必修”两个方面出发，试以教师的教与学生的学为基点，在充分厘清选修与高考的关系的基础上，推行相关教学策略，提高学生语文素养。

语文的知识与能力两者之间关系密不可分，必修、选修都是为了培养语文素养，且都与高考内容有千丝万缕的关系。在课程教学过程中，我们力求使“选修融必修”，即立足于该教程教学主基调、着力点——“欣赏”（即鉴赏）之上，在整合教材、教学过程和评价机制中紧扣高考语文能力要求，开展教学策略探究活动，使“欣赏”这一诗词鉴赏追求的终极目标与高考学生努力的目标完美重合。

整合教材中的“选修融必修”。在整合教材、重组课程内容过程中，

课题组以教材内容为蓝本，以高考诗文考点为准绳，打破旧有体例，将教材整合为两大部分。

诗歌部分，打破原有顺序，按照中国古代诗歌发展史顺序进行整合

诗歌：

① 中国浪漫主义的先河——《楚辞》中《湘夫人》《国殇》。通过这两首诗歌让学生掌握楚辞体的特点：带有想象丰富、文辞华美、风格绚丽的浪漫主义色彩；“皆书楚语，作楚声，纪楚地，名楚物”具有浓郁的地方色彩；楚辞的语句参差，富有变化，篇幅一般比较长；常用语气助词“兮”（在句末加强整体语气，在句中表停顿）。

② 初唐：张若虚的《春江花月夜》“孤篇横绝”， 其诗描写细腻，音节和谐。

③ 盛唐：边塞诗派高适的《燕歌行》，歌颂了战士奋勇报国、建功立业的豪情，也写出了他们从军生活的艰苦及向往和平的美好愿望，并揭露了边将的骄奢淫逸、不恤士卒和朝廷的赏罚不明、安边无策，流露出忧国爱民之情。

④ 诗仙李白专题：《梦游天姥吟留别》《将进酒》《越中览古》《苏台览古》，李白毫不掩饰对功名事业的向往，同时又因为自己绝对无法接受的那些取得富贵利禄的附加条件而弃之如敝屣。他热爱现实生活中一切美好的事物，而对其中不合理的现象毫无顾忌地投之以轻蔑。这种已被锁入牢笼，却不愿意接受，反过来又想征服现实的态度，成为后人反抗黑暗现实与庸俗风习的一股强大的精神力量。

诗圣杜甫专题：《蜀相》《旅夜书怀》《阁夜》《登岳阳楼》，他以积极入世的精神，用诗歌反映了唐王朝由盛转衰的过程，把个人的遭际和时代的不幸、民众的疾苦紧密联系在一起，描绘出时代的面貌和内心的悲哀，是变乱时代的伟大的“史诗”。

⑤ 中唐：白居易《长恨歌》，李贺《李凭箜篌引》。

⑥ 晚唐：柳宗元《登柳州城楼寄漳汀封连四州》。

⑦ 南宋：陆游《书愤》。

词：

⑧ 晚唐五代：伶工之词——温庭筠《菩萨蛮》，韦庄《菩萨蛮》，士大夫之词——李煜《虞美人》。

⑨ 宋：李清照《一剪梅》，姜夔《扬州慢》。

曲：

元：睢景臣《汉高祖还乡》。

散文部分，整合为以下专题：

①人物传记欣赏之“形象篇”——《项羽之死》《种树郭橐驼传》。

②诸子经义研读之“语言篇”——庄子《庖丁解牛》，孔子《子路曾皙冉有公西华侍坐》。

③政论散文典范之“论证篇”——苏洵《六国论》，欧阳修《伶官传序》。

④至佳美文欣赏之“言情篇”——杜牧《阿房宫赋》，韩愈《祭十二郎文》，苏轼《文与可画筼筜谷偃竹记》，归有光《项脊轩志》。

二、《虞美人》问题驱动式教学流程

（一）创设情境

课前师生共同吟唱《虞美人》。学生反复吟唱本词，是否也感受到了帝王李煜的情怀？让学生说说感受。

1. 文本驱动——用问题驱动式教学学习《虞美人》

问题一：词人选用哪些意象来承载他深邃复杂的情感？（目标驱动）

教师点拨提升：表现手法对诗歌情感表达的作用。（修辞、对比）

问题二：在多元的复杂的情感中你能读出词人怎样的生命情态？（深度驱动）

1. 分用几句话写出。

2. 交流推荐，发言展示。

3. 教师小结：大家分析词的时候都关注了词的意象、情感、手法以及词人的人生经历，这是分析鉴赏一首词很重要的几个角度。

2. 能力驱动——赏析温庭筠《菩萨蛮》

学习要求：从意象、情感、手法、词人入手，学生自行设计问题，并在组内交流解决。解决不了的问题呈现出来，共同探讨。

3. 素养驱动

通过以上两首词的解读，总结归纳《虞美人》和《菩萨蛮》在意象的采用、情感的表达、手法的使用、词人的情态方面各有什么不同。

学生分四组小结，小组代表发言，最后教师总结。

4. 延展驱动

课堂是有限的时间，课外是无限的空间，大家在课上体验了自主合作的愉快，也希望大家把这种愉快延伸到课外。

课外比较探讨：

1.《浪淘沙》之于纳兰性德的《长相思》。

2. 周邦彦的《苏幕遮》之于姜夔的《扬州慢》。

第三节 学生"自主阅读—合作探究"鉴赏宋词教学模式设计

一、学生学情分析

1. 高二学生初步具备了一定的诗歌理解能力，但是还没有形成基本的诗歌鉴赏能力，学生对诗歌的理解是碎片式的，因为缺乏专题性阅读，没有形成系统的古代诗歌鉴赏能力。

2. 学生已经适应高中语文学习，尝试过"自主学习和合作探究"式的学习，具备了一定的自主学习、查找资料、加工信息、总结成果、展示汇报等能力，基本能够开展古诗词专题阅读鉴赏。

二、教学目标

（一）自主了解宋词和作家常识

1. 通过自主查阅资料、上网查询，了解词的一般特点；明确词的大致发展脉络；掌握词的有关常识。

2. 通过自主查阅资料、上网查询，了解柳永、苏轼、辛弃疾、李清照的生平；了解柳永、苏轼、辛弃疾、李清照在宋词发展上的地位、成就。

（二）自主阅读鉴赏宋词

1. 在反复吟咏中感悟宋词的声律美、音乐美。

2. 在联想和想象中领悟宋词情景交融的意境美。

3. 在朗读（甚至吟咏）背诵中品味宋词的言语美。

4. 在比较中体会以苏轼、辛弃疾为代表的豪放词风和以柳永、李清照为代表的婉约词风的特点。

5. 在阅读赏析过程中，感悟词人真实的人生体验和复杂的思想情感以及美好的精神境界，感受词人崇高的人格追求以及真诚、旷达、坚韧的生活态度，培养积极健康的审美情趣。

（三）合作探究宋词专题

1. 在阅读鉴赏基础上合作探究苏轼词作的特点。

2. 在阅读鉴赏基础上合作探究辛弃疾词作的特点。

3. 在阅读鉴赏基础上合作探究柳永词作的特点。

4. 在阅读鉴赏基础上合作探究李清照词作的特点。

5. 在比较中探究体会以苏轼、辛弃疾为代表的豪放词风和以柳永、李清照为代表的婉约词风的特点。

6. 学生自主确定是其他专题。

三、教学方法

（一）学生学习方法

吟咏法、背诵法、联想想象法、比较赏析法、小组探究法、讨论质疑法。

（二）学习辅助工具

互联网、多媒体、学习任务单、推荐助读资料、推荐相关网址。

四、教学教程

（一）第一环节：明确目标方法

1. 出示宋词专题阅读鉴赏的目标。

2. 提出宋词专题阅读鉴赏的方法。

（二）第二环节：自主阅读鉴赏

1. 播放视频，激发兴趣。

2. 诵读宋词，独立鉴赏。

（1）在反复吟咏中感悟宋词的声律美、音乐美，在诵读中初步体会诗歌内容和诗人感情。

（2）在联想和想象中领悟宋词情景交融的意境美。

（3）选择自己最喜欢的一首词，先就这一首词中自己感受最深的一点，写一篇 200–400 字观点鲜明、赏析成理、语言顺畅的文章。

（三）第三环节：提出探究要求

1. 确定探究专题

（1）苏轼词作的特点探究。

（2）辛弃疾词作的特点探究。

（3）柳永词作的特点探究。

（4）李清照词作的特点探究。

（5）在比较中探究体会以苏轼、辛弃疾为代表的豪放词风和以柳永、李清照为代表的婉约词风的特点。

（6）学生自主确定其他专题。

2. 推荐书目

①张毅《宋代文学思想史》，中华书局。

②王兆鹏《词学史料学》，中华书局。

③王国维《人间词话》，上海古籍出版社。

④吴熊和《唐宋词通论》，浙江古籍出版社。

⑤谢桃坊《中国词学史》，巴蜀书社。

⑥杨海明《唐宋词史》，天津古籍出版社。

⑦刘尊明《唐五代词史论稿》，文化艺术出版社。

⑧陶尔夫等《北宋词史》，黑龙江人民出版社。

⑨陶尔夫等《南宋词史》，黑龙江人民出版社。

⑩唐圭璋《词话丛编》，中华书局。

3. 提出成果要求

明确赏析文章等成果不得照抄照搬资料，结合文本进行理性的借鉴和分析。

（四）第四环节：合作阅读探究

1. 以选择同一专题阅读的学生为一个小组，合作阅读探究该专题；明确组内分工。

2. 选定小组专题阅读鉴赏探究的具体文本篇目。

3. 开展合作阅读探究活动。

（五）第五环节：全班整合研究

各组将本组在阅读、研究过程中出现的问题和存在的困惑点进行汇报、交流、研究，目的是让学生产生思想上的碰撞，教师及时了解、掌握学情，做出点拨、指导或纠错。

（六）第六环节：形成探究成果

1. 小组汇总，梳理成果。

2. 写作阅读成果报告，并制作成 PPT。

3. 组内研究修改报告。

（七）第七环节：全班展示成果

1. 展示汇报阅读研究成果。

2. 豪放词风和婉约词风的特点研究汇报。

师生活动：

本组学生展示过程中，其他组学生可以随时质疑，提出问题；同时认真听课，做好笔记。对展示同学知识的准确性、表达的条理性、问题的启发性、分析的深入性等方面的表现做出评价，同时进行学习效果的自评。

每位学生讲完，老师给予点评，肯定优点，指出问题，并对理解偏颇或浅薄之处进行拓展深化，最后回收学生的评价表和学习心得。

（八）第八环节：修改发表成果

1. 汇报的小组结合同学和老师的建议课上修改。

2. 课下梳理、校对。

3. 师生共同编辑结集“出版”，优秀成果推荐期刊发表。

五、教学评价

（一）教师的作用

课前：教师需要辅导细致，问题调整及时，充分发挥教师帮助者、引导者、指路人的作用。

课中：（1）全身心地关注学生的表现、倾听并欣赏学生的想法、记录学生的问题，体验与学生共同学习的和谐、宁静、幸福。

（2）接纳学生的想法、分析学生出现的问题，思考满足学生需要的方法策略。

（3）对每组汇报做点评，纠错，提出改进建议。

课后：（1）帮助学生修改、完善报告，编辑结集“出版”，优秀成果推荐期刊发表。

（2）阅读回收的学生的评价表和学习心得，对不同学生提出的疑问，予以书面解答或当面交流。

（二）收获与反思

教师和学生共同研究，共同学习，享受着课堂的幸福度。

收获：一是享受真诚合作的幸福。生生平等，合作探究，学生成为学习的主人，主体性的发挥得到了加强。

二是享受智慧分享的幸福。思维状态受到激发，课堂质疑、讨论高潮迭出，智慧的火花不断碰撞，发展了思维水平。

三是享受师生互赏的幸福。在学生展示中，教师欣赏学生的成长；在学生汇报后，学生欣赏老师点评的修养魅力，师生间感情得以升华。

反思：一是学生对资料的筛选的契合性、精细度有待教师指导，学生出现照抄照搬现象，教师要要求学生在文本中找到依据，让学生逐渐习得良好的使用资料的习惯。

二是受课时和学生水平的影响，专题阅读课的开设存在一定的困难。

三是专题阅读课的开设需要以学生的自主学习为基础。引导帮助学生，给学生一个空间，让他们自己去创造；给学生一个权利，让他们自己去选择；给学生一个问题，让他们自己找答案；给学生一个冲突，让他们自己去讨论。

后 记

至今还清晰地记得刚刚读本科中文系时，写了第一篇拙劣的小议三轮车的小论文，写作课的张国军老师给出的评语是：“你还应该看到这个城市三轮车众多的原因是什么。”一句话惊醒梦中人，说实话，从那一刻起我才明白写作的意义不仅仅在于关注社会现象，更要透过现象看本质。今天看来一个简单的道理，老师的一句话使之内化到了心灵和思想中，让一个学子醍醐灌顶。简而言之，张老师的一句话让我成为了一个有思想的人。

接下来就一发不可收拾了，疯狂地喜欢上文艺理论，如痴如醉地读着《西方美学史》《中国古代文学批评史》《文心雕龙》《诗品》《人间词话》《沧浪诗话》《美学》《梦的解析》《西方文艺理论》《接受美学》等等一系列理论书籍，甚至为了老师推介的童庆炳先生和王一川先生的文学概论方面的教材跑遍全城书店，问遍各大学校的同学。回想大学时代的读书历程充实又美好，这段经历让我成为了一个爱思考、有思想的人。

从第一天走上讲台，到后来的很长一段时间，我的语文教育时间都是在懵懵懂懂中度过的，我不懂什么教育哲学，也参透不了什么教育真谛，但是我就是带着大学时代的营养和我的学生们沉浸在理解本文的快乐中，陶醉于深入解读文本、多元解读文本的创造中。我也常常自喜于学生在我的引领下绽放出思想火花。从某种程度上说，在感性的教学中我进行的依然是涵养学生心灵、塑造学生思想和灵魂的教育，而我在年轻的教学时代却是浑然不知的。

2001 年 9 月，我考上哈尔滨师范大学教育硕士，就读语文学科教学专业，在师大接受了两年多的在职硕士教育。教育硕士的学习经历让我掌握了大量的教育理论，奠定了坚实的教育理论功底，补足了教学中感性有余、理性不足的短板。

2005年，我被确定为市里的优秀教师人才，破格晋升为中学语文高级教师。在准备各种晋级材料的过程中，梳理了从教以来的一系列教学成果，我猛然发现，其实我一直以来都是以“涵养心灵”的主旋律进行着我的语文教学，并且这已然升格成一种语文教育的理念。所以，在省教育厅、人事厅组织的破格晋升高级教师的面试答辩中，我结合教学实际将“涵养心灵”的语文教育理念进行了系统的阐述，收到专家评委们的一致好评，这让我找到了语文教育的归属感和幸福感。

2005年至今，我以“涵养心灵，放飞个性”为教学核心理念，结合高效课堂构建的教学模式研究在教学实践中不断尝试探索，先后研究探索出“导学—自学—互学—共享”“问题驱动式”“学生自主阅读—合作探究”等教学模式。这些教学设计内容放在本书的最后一章，是对前文论述鲁迅名篇教学路径策略略显局促的补充和拓展。

教育是一项塑造人的灵魂的工程，语文教育更立足于人的思想和精神层面，尤其在强化“立德树人”的今天，通过语文教学涵养心灵、化育情操、净化思想、提升人的精神境界又显得格外重要。希望我的这本书所体现的教育教学理念能与诸位教学一线的语文同仁共勉，让我们共同沐浴于语文素养的春光！

思想之风吹到我们身上，就有了我们今天的文字，就有了今天这本专著的诞生。